Verlangen des Bären

Buch 1
Die Bären des Blue Moon Saloons

Anna Lowe

Inhaltsverzeichnis

Weitere Titel in dieser Serie

Blue Moon Saloon

Perfekte Gefährten (die Vorgeschichte in Kurzform)

Verlangen des Bären (Buch 1)

Verlangen des Wolfes (Buch 2)

Verlangen des Alphas (Buch 3)

Verlangen des Gefährten (Buch 4)

Verlangen der Wölfin (Buch 5)

Süßes Verlangen (ein Festtagsschmaus)

www.annalowe.de

Kapitel 1

„Bist du sicher, dass du das tun willst?", fragte Tina.

Jessica zwang sich, mit gleichmäßigen und selbstbewussten Schritten zu gehen. „Auf jeden Fall. Ich will es tun."

Ich muss es tun, war wohl eher richtig, aber ihr Stolz war das Einzige, was ihr noch blieb.

Tina warf ihr einen Blick zu, aber Jessica ging einfach weiter den Bürgersteig der staubigen Westernstadt entlang und tat so, als würde sie es nicht bemerken. Sie wurde immer besser darin, vielerlei Dinge zu vertuschen. Zum Beispiel, wie sehr sie innerlich zitterte.

Lauf! Lauf weg! heulte ihre innere Wölfin.

Hätte sie nicht ihre Schwester Janna gehabt, an die sie denken musste, hätte Jessica vielleicht genau das getan. Sie hätte sich aus dem Staub gemacht und niemals zurückgeblickt. Aber auch das hatte sie schon versucht und es hatte nie funktioniert.

Es ist an der Zeit, nicht mehr wegzulaufen, erklärte sie ihrer inneren Wölfin.

Wir kennen dieses Rudel nicht. Wir kennen diesen Ort nicht, jammerte das Tier.

„Es wird großartig werden!" Janna lächelte. „Ist das der Saloon?"

Janna setzte nicht nur ein tapferes Gesicht auf. Sie freute sich tatsächlich über das, was sie als ihren Glücksfall bezeichnete. Als wäre es Glück gewesen, dass sie in einer schrecklichen Nacht vor sechs Monaten ihr Wolfsrudel an eine Bande von abtrünnigen Schurken verloren hatten. Als wäre es Glück gewesen, auf der Suche nach einem sicheren Zufluchtsort von einem Ort zum anderen zu laufen.

Jess schüttelte den Kopf. Gott, sie wurde langsam immer bitterer. Ihre Schwester hatte recht. Dies könnte wirklich ihr Glücksfall sein. Sie hatten ein Rudel gefunden, das gewillt war, ihnen Arbeit und eine Bleibe zu geben. Und nicht nur irgendein Rudel, sondern Twin Moon, eines der mächtigsten Rudel, die in den letzten Jahren im Südwesten hervorgegangen waren. Tina Hawthorne-Rivera war ein führendes Rudelmitglied und sie schien eine Schwäche für flüchtige Gestaltwandler zu haben, die eine zweite Chance brauchten.

Jessica biss sich auf die Lippe und dachte an den langen Weg, den sie in den letzten sechs Monaten zurückgelegt hatten. Vielleicht konnten sie und Janna hier endlich aufhören, stets hektisch über ihre Schulter zu schauen, und ein wenig verschnaufen.

„Das ist er." Tina deutete auf das zweistöckige Gebäude, das ihrem Rudel gehörte. „Der Blue Moon Saloon."

Jess holte tief Luft und schaute sich das Gebäude an.

Sie hätte sich kaum etwas typischer Wildwestliches vorstellen können, auch wenn sie es versucht hätte. Das gesamte historische Zentrum der alten Stadt war so – eine hoch gelegene Grenzstadt, in der die Neuzeit noch nicht angekommen war.

„Die perfekte Lage, nur einen Straßenblock von der Whiskey Row entfernt." Tina nickte voller Stolz.

Jessicas innere Wölfin heulte. *Mir gefällt es zu Hause besser.*

Ja, nun, ihr Zuhause gab es nicht mehr und sie würde nie wieder dorthin zurückkehren können.

Ich will meinen Gefährten, wimmerte ihre Wölfin.

Ja, nun, er hat uns nicht gewollt. Wann würde die dumme Bestie das endlich kapieren?

Wut funktionierte besser als der Kummer, der jedes Mal in ihr aufstieg, wenn sie an diesen Teil ihrer Vergangenheit dachte. Also klammerte sie sich vorerst daran fest. Sie strich sich das lange braune Haar zurück und stand in ihrer vollen Größe da. Sie brauchte diesen Job, verdammt noch mal. Also würde sie ihn bekommen.

„Das ist so süß!", rief Janna. „Findest du nicht auch, Jess?"

Sie betrachtete die abplatzende Farbe und die staubigen Fenster. Der leere Laden auf der rechten Seite war vielleicht süß, aber der Saloon ganz sicher nicht. Der war eher dunkel und trostlos genau wie die Leute, die sich zu solch einem Ort hingezogen fühlten, würde sie wetten. Als Kellnerin zu arbeiten machte ihr nichts aus. Aber in den Hintern gekniffen zu werden… Nein, danke.

Sie schaute ihr Spiegelbild im Fensterglas an und zog angesichts ihrer abgewetzten Jeans und des karierten Oberteils eine Grimasse. Vielleicht brauchte sie sich keine Sorgen mehr zu machen, belästigt zu werden. In den letzten Monaten war sie von schlank und athletisch zu geradezu hager geworden.

„Der Saloon lief jahrelang gut – gut genug, um die Miete zu bezahlen", erklärte Tina. „Aber der Mann, an den wir ihn verpachtet hatten, ging in Rente. Und die neuen Betreiber haben ihn erst vor einem Monat übernommen."

Jess zog eine fragende Augenbraue hoch.

Tina nickte leicht und senkte ihre Stimme. „Gestaltwandler, so wie wir. Keiner der Nachbarn weiß es." Ihr strenger Blick deutete an, dass keiner der Nachbarn es jemals herausfinden durfte. In der Welt der Gestaltwandler war dies eine Selbstverständlichkeit. Die ständige Geheimhaltung, der Schleier der Normalität. Gestaltwandler konnten sich perfekt einfügen, solange sie ihre animalische Seite unter Kontrolle behielten.

Tina neigte ihren Kopf und deutete auf die bewaldeten Hügel, die die Stadt umgaben. „Das ist ein guter Ort, um laufen zu gehen, wenn ihr eine Pause braucht."

Wenn euer Wolf eine Pause braucht, meinte sie. Jeder Gestaltwandler brauchte eine Gelegenheit, seinem inneren Biest freien Lauf zu lassen – und das nicht nur im Licht des Vollmonds.

„Das Gebäude ist über hundert Jahre alt", fuhr Tina fort und sprach wieder lauter. Ja, das könnte Jess an den detaillierten Zierleisten, den verzierten Fenstern und der falschen Fassade selbst sehen.

„Das Erdgeschoss besteht eigentlich aus drei Teilen, aber zwei wurden für den Saloon zusammengelegt."

Jessicas Blick wanderte immer wieder zu dem kleinen Schaufenster auf der rechten Seite. Zum niedlichen Teil. „Was ist dort drin?"

Tina seufzte. „Früher war es eine kleine Kunstgalerie. Davor ein Café. Aber wir haben schon seit Jahren keinen Mieter mehr dafür gefunden."

Gott, wenn sie nur etwas Startkapital hätte… Jessica schüttelte den Gedanken ab. Es würde verdammt viel Trinkgeld brauchen, um an einen Punkt zu gelangen, an dem sie überhaupt an so etwas denken konnte. Und solange sie noch nicht sicher vor den Abtrünnigen war, die sie verfolgten… Warum sollte sie es sich überhaupt wünschen?

„Ihr könnt im Obergeschoss wohnen." Tina zeigte nach oben. „Wenn ihr euch sicher seid, dass ihr nicht bei uns auf der Ranch bleiben wollt. Wir haben genügend Platz, wisst ihr."

Jess war sich über gar nichts sicher, aber unter einem Rudel Fremder zu leben, gefiel ihr nicht wirklich. Nicht einmal unter einem ganzen Rudel von Wölfen, die so nett waren wie Tina. Außerdem hatten weder Jess noch Janna ein eigenes Auto. Und selbst wenn sie eins hätten, wäre die fünfundvierzigminütige Fahrt in die Stadt jeden Tag – und jeden Abend – ein wenig zu viel.

„Das hier wird schon gehen." Jess versuchte, ihre Zweifel nicht in ihrer Stimme zu zeigen.

„Es wird ein wenig Überholung brauchen… ", warnte Tina.

Jessica fragte sich, ob sie damit den Saloon selbst, die Wohnung im Obergeschoss oder das ganze neue Leben meinte, das sie nun vor sich hatten.

„… und ihr müsst euch das Bad mit den Jungs teilen… "

„Kein Problem!", trällerte Janna.

Gott, Jessica hoffte es. Das war die andere Unbekannte in dieser Gleichung. Sie würde mit ihrem neuen Chef, oder besser gesagt den Chefs, unter einem Dach leben müssen. Wer waren die beiden Männer eigentlich, die diesen Laden führten? Gestaltwandler, war alles, was sie wusste.

„Sie sind gute Jungs", fügte Tina hinzu. „Sie arbeiten hart. Ehrlich."

Jess hoffte es.

„… vielleicht ein bisschen rau mit Ecken und Kanten… "

Jess stellte sich stattliche Bärte, abgetragene Jeans und Westernklamotten vor.

„… aber ich bin mir sicher, dass es klargehen wird. Und sie können eure Hilfe wirklich gut gebrauchen. "

Das war die andere Sache. Alles, was Tina nicht laut sagte, deutete darauf hin, dass der Saloon nicht gerade einen glänzenden Start hingelegt hatte. Nicht, dass Jess etwas gegen harte Arbeit hatte, aber es wäre schön gewesen, Teil eines erfolgreichen, kompetenten Teams zu sein.

„Wenn ihr etwas braucht, lasst es mich wissen", sagte Tina.

„Danke." Jess sah Tina in die Augen, so dass sie wusste, dass sie es ernst meinte. Die Wölfin hatte sich von Anfang an bemüht, Jess und Janna zu helfen.

Sie hat ein Herz für Ausgestoßene, hatte Tinas Gefährte Rick ihnen auf der Ranch erklärt, während er Tina anschaute, als wäre sie die Sonne und er der Mond, und als würde er sie bis ans Ende seiner Tage treu umkreisen.

Die Saloon-Tür – eine echte Saloon-Schwingtür mit zwei Flügeln, die in beide Richtungen hin und her schwangen – flog auf und eine hochgewachsene Gestalt kam heraus.

„Hi, Tyler", sagte Tina, während sich Jessica und Janna noch zurückhielten.

Tina war wahrscheinlich die einzige Person in Arizona, die diesen Mann so lässig begrüßen konnte. Jessica blickte zu Boden und das nicht nur, weil es ein obligatorisches Zeichen der Unterwerfung vor dem Alpha des Twin Moon Rudels war. Dieser Mann hatte einen scharfen, laserartigen Blick und die schiere Wolfskraft strömte in Wellen von ihm aus.

„Hi", knurrte er.

Früher hatte Jess es sich zur Gewohnheit gemacht, solchen Männern zu zeigen, dass sie nicht beeindruckt war. Aber nun war sie schon lange genug auf der Flucht, um zu wissen, dass sie sich zurückhalten musste. Nur für den Fall der Fälle.

„Kümmert euch nicht um meinen Bruder", flüsterte Tina aus dem Mundwinkel und stürmte an ihm vorbei in den Saloon.

Tyler Hawthorne hielt die linke Hälfte der Saloon-Schwingtür in einer für einen so mächtigen Alpha überraschend höflichen Geste auf. Einen Moment lang wurde die Aura, die er ausstrahlte, von *Passt bloß auf, dass ihr euch in meinem Revier benehmt* zu einem sanfteren *Hier seid ihr sicher*.

Jess holte ein letztes Mal tief Luft und ging durch die Tür, wobei sie irgendwie das Gefühl hatte, in einen tiefen, trüben Teich zu springen.

Zunächst konnte sie gar nichts sehen. Aber als ihre Augen sich an das schummrige Innere gewöhnt hatten, konnte sie langsam die Merkmale eines echten Saloons erkennen. In der Mitte standen vier Pokertische und Sitzkabinen reihten sich an den Seiten auf. Ein verwittertes Schild auf der rechten Seite besagte: *Waffen an der Tür abgeben* und es war schwer zu sagen, ob es sich dabei um einen Scherz handelte oder nicht. Ansonsten waren die Wände mit schwarz-weißen Szenen der früheren Pionierstadt verziert, die so verstaubt waren, dass man vermuten konnte, dass die neue Leitung noch nichts an der Einrichtung verändert hatte. Und an der Speisekarte offensichtlich auch nicht, wie man am verblassenden ‚Hähnchen'-Schriftzug auf der Kreidetafel neben der Eingangstür erkennen konnte. Es war keine Menschenseele in Sicht, aber es war schließlich auch erst zehn Uhr morgens – vor der Öffnungszeit.

Janna schlenderte direkt hinein. „Großartig! Ein Billardtisch."

Es gab auch eine Dartscheibe, ein Stehklavier und eine alte Jukebox an der Seite. Aber das Herzstück des Saloons und das, was Jess innehalten ließ, war die Theke selbst – ein riesiges Meisterwerk aus Eiche, das die gesamte Rückwand einnahm. Schnapsflaschen glitzerten im Licht, das von dem riesigen Spiegel in der Mitte reflektiert wurde und ein antikes Winchester-Gewehr hing über dem Tresen. Aber es waren die Holzarbeiten, die ihr ins Auge fielen. Aufwendig geschnitzte Holzstützen trugen mehrere Regale. In die obere Holzplatte war eine Gebirgsszene geschnitzt, in der ein Wolf den Mond anheulte, ein Bär in einem Bach watete und ein Adler über ihnen schwebte.

„Hinreißend", murmelte sie.

Ein kunstvoll gearbeitetes Gebälk erstreckte sich durch den gesamten oberen Teil des Raumes bis hin zur gewölbten Blechdecke. Der Tresen selbst war auf Hochglanz poliert und glänzte im Sonnenlicht, das durch die Fenster hereinfiel. Ebenso wie die darunterliegende Messingstange am Fußteil.

Zwei Dinge waren sofort offensichtlich. Erstens hatte jemand vor sehr langer Zeit verdammt viel Zeit mit dem Schnitzen dieser Theke verbracht. Zweitens hatte jemand vor Kurzem verdammt viel Zeit darauf verwendet, das Ganze zu restaurieren.

„Schön, nicht wahr?", murmelte Tina.

„Mehr als schön. Sie ist spektakulär", hauchte sie.

„Mein Onkel hat sie vor neunzig Jahren erschaffen."

Die Billardkugeln klapperten hinter ihnen und Jessica drehte sich um. Sie sah ihre Schwester wie einen Revolverhelden dort stehen, der gerade den perfekten Stoß gemacht hatte. Sie blies auf die Spitze eines Billardqueues. So wie sie Janna kannte, war es auch ein perfekter Stoß gewesen. Aber hatten sie nicht Wichtigeres zu tun, zum Beispiel ihre neuen Bosse zu treffen?

Jessica schaute sich um. Die anderen Ecken des Lokals waren in Spinnweben gehüllt, aber verdammt, die Bar glänzte. Wenn dieser Kerl genauso viel Arbeit in den Rest des Lokals gesteckt hätte wie in den Tresen, wäre es gar nicht so schlecht. Aber die Tische waren schief und die Stühle brüchig. Der Saloon hatte schon mehr als eine Schlägerei gesehen. Dessen war sie sich sicher.

„Hallo?" rief Tina einen schmalen Flur hinunter, der zur Küche und einem Hinterzimmer zu führen schien.

„Ich komme schon", ertönte eine tiefe Stimme außerhalb ihrer Sichtweite.

Jessicas Wölfin spitzte die Ohren und erstarrte. Sie deutete wie ein gottverdammter Jagdhund auf irgendetwas hin. Mental gab sie ihr einen Klaps, aber das Tier ließ nicht ab. Was zum Teufel hatte es damit auf sich?

Ihre Nasenflügel bebten, aber alles, was sie wahrnehmen konnte, war der Geruch der Gestaltwandler um sie herum und der abgestandene Gestank von Pommes.

„Bin gleich da", ertönte eine zweite Stimme. Eine tiefe, brummende Stimme wie die eines Bären, der in seiner Höhle erwachte.

Ihre Wölfin hatte die meiste Zeit des Morgens geschlummert, aber jetzt sprang sie auf und ab und knurrte hinter den Gitterstäben ihres Käfigs. Sie wedelte wild mit dem Schwanz, weil sie einen verrückten Cocktail aus gemischten Gefühlen spürte. Aufregung mit einem Spritzer Hoffnung, einem Hauch von Erregung und einer riesigen Menge Angst, die wie Eiswürfel in einem Whiskyglas klirrte.

Was? wollte sie ihre Wölfin anschreien. *Was ist los?*

Zwei breitschultrige Gestalten traten aus dem Schatten des Ganges, einer einen halben Schritt vor dem anderen. Große, stämmige Männer, die sich wie Bulldozer bewegten und sicher waren, dass jedes Lebewesen ihnen aus dem Weg springen würde. Sie beide wurden langsamer und stießen mit einer Schulter gegen den Türrahmen, so wie es manche Gestaltwandler taten, um ihr Revier zu markieren.

Sie beide hatten kurzes, sandfarbenes Haar. Strubblige Bartstoppeln. Dunkle wachsame Augen. Riesige, stahlharte Hände zu Fäusten geballt. Zwei Männer, die nichts anderes als Brüder sein konnten.

Ein warmer Adrenalinstoß explodierte in Jess und schoss durch ihre Adern. Ihre Gedanken wirbelten wild umher. *Unmöglich. Das konnte nicht sein...*

Ein Teil von ihr wollte fliehen, während sich der andere Teil in eine Umarmung stürzen wollte. Der Mann vor ihr schaute überaus streng, während der Mann dahinter lächelte. Zumindest tat er es, bis er sie entdeckte.

„Jessica Macks", begann Tina die Vorstellungsrunde, „darf ich vorstellen–"

„Simon", platzte Jess heraus und starrte über die Schulter des ersten Mannes auf den zweiten. „Voss", beendete sie und ihre Knie wurden weich.

Der Mann, den sie immer noch liebte, egal, wie sehr sie versuchte, es nicht zu tun. Der Bärengestaltwandler, der noch immer alle ihre Träume heimsuchte.

Mein Gefährte! Ihre Wölfin wimmerte vor Freude. *Mein Gefährte!*

Blaue Augen von der Farbe des kältesten, klarsten Bergsees fixierten die ihren und ließen sie nicht mehr los.

„Jessica", murmelte er zu leise für menschliche Ohren.

Ihre Wölfin vollführte einen verrückten Stepptanz. *Gefährte! Mein!*

„Wow!", rief Janna so ahnungslos wie immer. „Simon?" Dann wandte sie sich dem älteren Bruder zu – dem, der größer, breiter und noch kräftiger war, aber nur um ein Haar. „Soren? Ach du meine Güte! Ihr seid es wirklich."

„Schön, euch zu sehen." Sorens Augen huschten zwischen Jess und Simon hin und her.

„Das ist ja unglaublich!", erklärte Janna.

Tina neigte den Kopf zur Seite. Eine Geste, die sagte, *Das ist unerwartet.*

Jessica schüttelte wütend den Kopf und versuchte, Simons unerschütterlichen Blick zu durchbrechen. *Das ist doch nicht möglich,* wollte sie sagen. Niemals. Auf gar keinen Fall. Der Mann, der vorgegeben hatte, er würde sie lieben, und sie dann einfach fallengelassen hatte?

„Das. . . ", stieß Simon in seinem tiefen, nervösen Bass aus. Ein Geräusch wie ein Spaten, der über Felsen kratzt. Ein Geräusch, das garantiert ein Kribbeln in jede abgelegene Ecke von Jessicas Körper sandte. „Das wird niemals funktionieren."

Jess schlich sich langsam in Richtung Tür und versuchte, die schwankenden Teile ihres Herzens lange genug zusammenzuhalten, um ihre Flucht zu versuchen.

Während sie gingen, wiederholte sie seine Worte und versuchte, ihre Wölfin zu überzeugen. „Das wird niemals funktionieren."

Kapitel 2

Für den Bruchteil einer Sekunde stand Simon regungslos da und starrte nur, während sich sein innerer Bär auf die Hinterbeine aufbäumte und brüllte.

Jessica. Jess. *Seine* Jess. Lebendig!

Fast wäre er auf die Knie gesunken und hätte sich um ihre Beine geschlungen. Er wollte auf dem Boden zusammensacken und vor Erleichterung weinen, weil sie noch lebte. Er wollte zum Himmel schreien, weil er endlich – endlich – die zweite Chance bekam, für die er gebetet hatte. Dass all sein Hoffen, Wünschen und Träumen nicht vergeblich gewesen war.

Aber verdammt. Alles, was er herausbekam, waren ein paar emotionslose Worte. Warum, warum, warum?

Er konnte nicht klar denken, das war der Grund. Nicht, wenn Jess so lebendig, jedoch so gezeichnet aussah. Das nervöse Zucken in ihrer Wange verriet ihm, dass sie diesen Job wirklich brauchte. Ihre vollen Lippen bebten vor Angst und mit zerbrochener Hoffnung. Die Vertiefungen um ihre graublauen Augen sprachen von schlaflosen Nächten. Tiefe, dunkle Wolfsaugen, die sagten, dass sie es nicht vergessen hatte. Dass sie ihm nicht vergeben hatte.

Und warum zum Teufel sollte sie auch?

„Das wird niemals funktionieren", hatte er herausposaunt, während der Bär in ihm brüllte. *Warte! Warte!*

Schlimmer noch, Jess hatte sofort zugestimmt. „Das wird niemals funktionieren." Sie war sogar zurückgezuckt, als sie es sagte, was ihm einen weiteren Stich ins Herz versetzte.

Nein. Jessica Macks konnte auf gar keinen Fall wieder Teil seines Lebens sein.

Die Hintertür zur Gasse stand offen und er hörte die Stimme des Schicksals hereinwehen. Es lachte ihn aus – mal wieder.

Gott, wie hatte er nicht spüren können, dass sie noch am Leben war? Dass sie in der Nähe war?

Das ganze Gespräch, das er vor zwei Tagen mit Tina geführt hatte, hallte nun in seinem Kopf wider. Alles schien jetzt so offensichtlich.

„Gute Nachrichten! Ich glaube, ich habe die Hilfe gefunden, die ihr braucht", hatte Tina gesagt.

„Ja? Das wäre großartig." Der Saloon brauchte jede Hilfe, die er bekommen konnte. Er und Soren hatten ihr Bestes getan, aber sie hatten nicht gerade einen Bilderbuchstart hingelegt.

„Ich bin zwei Frauen begegnet – Gestaltwandlerinnen – die einen Job und eine Bleibe brauchen."

Er hatte einfach nur genickt, ohne zu ahnen, dass Tina damit zwei Wölfinnen aus Black River meinte – aus dem Rudel, das damals in Montana Nachbarn seines Bärenclans gewesen war. Damals, bevor *es* passierte. Das *Es*, worüber er und Soren nicht zu sprechen wagten, auch wenn sie ständig daran denken mussten.

„Sie sind ein wenig schüchtern", hatte Tina sie gewarnt.

Das hatte ihn überrascht. „Was sollen wir denn mit schüchternen Kellnerinnen anfangen?"

„Nun, nur die eine ist ein wenig schüchtern."

Nie im Leben hätte er seine Jess als schüchtern bezeichnet. Kein Wunder, dass er keinen Verdacht geschöpft hatte.

„Und sie brauchen beide eine Chance", hatte Tina gesagt.

Das konnte er nachempfinden. Soren und er hatten ebenfalls dringend eine Chance gebraucht, und Tina hatte sie ihnen gegeben. Sie hatte den herrschenden Alpha des örtlichen Wolfsrudels überredet, den Bärenbrüdern die Wiedereröffnung eines geschlossenen Saloons zu erlauben, der dem Rudel in der Stadt gehörte. Jemand anderem eine Chance zu geben, war also das Mindeste, was er tun konnte, nicht wahr?

„Was sagtest du, woher sie kommen?", hatte er gefragt.

Tinas Antwort war vage. „Es ist besser, nicht zu viele Fragen zu stellen. Werdet ihr ihnen eine Chance geben? Bitte?"

Natürlich hatte er ja gesagt und natürlich hatte Soren zustimmend genickt. Ihre vorherige Kellnerin hatte es gerade mal zwei Tage ausgehalten, bevor sie wieder gekündigt hatte, und sie konnten den Laden schließlich nicht allein führen.

Aber Gott, er hätte nie gedacht, dass *sie* es sein würden.

Jessica sah so stolz und kämpferisch aus wie eh und je, aber viel zu besorgt und viel zu dünn. Janna hatte immer noch ihr typisches Lächeln und auch ihre Frechheit nicht verloren. Ein paar fähige Mädchen aus Montana, die keine Angst hatten, sich die Hände schmutzig zu machen oder ihre Meinung zu sagen.

Das wird niemals funktionieren. Hatte er das wirklich gesagt, bevor er ins Hinterzimmer geflüchtet war?

Sein Bruder war mit seiner flachen, unbeeindruckenden Begrüßung auch keine große Hilfe gewesen. „Schön, euch zu sehen."

Schön, euch zu sehen? Simons innerer Bär tobte. *Nur schön?*

Sein Magen überschlug sich und sein Blut rauschte in ungleichmäßigen Schüben. Sein Herz pochte halb aus seiner Brust. Schön, euch verdammt noch mal zu sehen?

Es war nicht nur schön, Jess wiederzusehen. Es war großartig. Überwältigend. Unglaublich.

Er ließ sich auf einen Stuhl im Hinterzimmer sinken und stützte den Kopf auf den Händen ab. Das Einzige, was ihn davon abhielt, auf seine Knie zu fallen – selbst im Hinterzimmer und selbst eine Minute nach dem Schock –, war die Tatsache, dass die Wände zu dünn waren, um die gequälten Geräusche zu verbergen, die er wahrscheinlich von sich geben würde, wenn er sich auch nur ein ganz klein wenig gehen ließe. Also nicht auf die Knie. Keine Geräusche. Nur ein hängender Kopf, geballte Fäuste und röchelndes Atmen. Er wünschte sich sehnlichst, er wäre vor sechs Monaten zusammen mit dem Rest seiner Familie gestorben. Oder besser noch, er wäre ehrenvoll gestorben, während er seine Gefährtin verteidigte. Denn das Leben, das er in den letzten sechs Monaten geführt hatte, war kein Leben. Es war eine bloße Existenz, nichts weiter.

Und jetzt, da er Jessica lebendig und so wütend wie eh und je gesehen hatte, war diese Existenz genauso trostlos.

Schritte knarrten auf den Dielen unter dem dünnen Teppich und Simon blickte auf. Sein Bruder trat ein und lehnte sich an die kleine Bar, die in das Hinterzimmer eingebaut war – die Theke, die sie für besondere Anlässe nutzten, oder nutzen würden, wenn sie jemals genügend Kundschaft für so etwas hätten. Soren blieb auf Abstand und hatte die Hände nicht in die Taschen geschoben, nur für den Fall der Fälle. Das war auch gut so, denn Simon war nur allzu bereit, auf den nächstgelegenen Boxsack einzuschlagen, selbst wenn es sich um sein eigenes Fleisch und Blut handelte.

Soren musterte ihn eine ganze Minute lang von oben bis unten, bevor er den Mund öffnete. „Willst du mir sagen, was da eben los war?"

„Nein." Er ließ den Kopf wieder sinken.

„Gut", knurrte Soren. „Dann sage ich es dir. Wir brauchen die Hilfe. Und was die Wölfe des Twin Moon Rudels sagen, werden wir tun."

Gott, wie tief waren er und sein Bruder gesunken, dass sie einem Rudel Wölfe verpflichtet waren?

„Wir müssen es." Sorens Stimme klang heiser vor Bedauern. „Schlucke einfach deinen verbliebenen Stolz hinunter und tu, was du tun musst."

Tu, was du tun musst. Dieser Satz war in den Wochen nach der Vernichtung ihres Clans ihr Mantra gewesen. Sie waren drei Tage zu spät nach Hause gekommen, um noch etwas anderes tun zu können, als die letzte brennende Glut dessen zu löschen, was einmal ihr Zuhause gewesen war. Sie hatten die nächsten Wochen damit verbracht, die für das Massaker verantwortlichen Schurken zu jagen. Oder so viele von ihnen, wie sie ausfindig machen konnten, denn die Mörder hatten sich in kleinere Gruppen aufgeteilt und waren getrennte Wege gegangen.

Tu, was du tun musst. Es hatte ihnen den Antrieb gegeben, auf ihrem Rachefeldzug zu morden. Später jedoch, als sie ziellos umherirrten und nicht wussten, wohin sie gehen oder was sie tun sollten, hatte dieses Mantra sie aufgezogen.

Aber es gab ein paar Dinge, die er einfach nicht tun konnte. Wie zum Beispiel Seite an Seite mit der Frau zu leben, bei der er sichergestellt hatte, dass sie ihm nie wieder eine Chance geben würde.

„Lass das", knurrte er seinen Bruder an. Er knurrte auch seinen Bären an, denn das verdammte Biest schnaufte, fauchte und krallte in seinem Inneren.

Soren stieß sich von der Theke ab und baute sich vor ihm auf. „Sag mir nicht, ich soll es lassen."

Das allein hätte nicht ausreichen sollen, um ihn so aus der Fassung zu bringen, aber es tat es. Simon sprang auf die Beine und stieß seinen Bruder. Krallen rissen sich durch seine Fingerspitzen. Seine Zähne drückten gegen sein Zahnfleisch und sein Bär brüllte innerlich vor Wut. Wen interessierte es schon, worauf er seine Wut lenkte? Er konnte nicht gegen das Schicksal kämpfen, also war sein Bruder das Nächstbeste, nicht wahr?

Sein Bruder, die einzige Person auf der Welt, die er noch hatte.

Sorens Augen waren dunkel und gefährlich. Vielleicht war Simon ja nicht der Einzige, der sich seinen Frust von der Seele schlagen musste.

„Stoß mich noch ein Mal, kleines Bärenjunges." Soren verspottete ihn, so wie er es getan hatte, als sie noch Kinder waren. Obwohl seine Worte damals nicht diesen mörderischen Tonfall hatten.

„Pass auf, was du dir wünschst", schnauzte er zurück.

Kampfbereit umkreisten sie einander.

„Pass du lieber auf, was du dir wünschst..."

„Ähem."

Sie rissen beide die Köpfe herum, als Tina sich aus zwei Schritten Entfernung räusperte. Die ruhige, besonnene, gutmütige Tina Hawthorne. Herrgott, welche andere Frau im Umkreis von fünfhundert Kilometern hatte den Mumm, bei einer Bärenschlägerei dazwischen zu gehen? Außer vielleicht Jess...

Und in diesem Augenblick wandelte sich Simons Wut zu Scham. Er senkte den Blick und zwang seine sich sträubenden Nackenhaare hinunter, bevor noch mehr von seinem Bären ausbrach.

Soren warf ihm einen Blick zu, *Das ist deine Schuld, Arschloch*. Und er hatte recht. Dies war Tina und sie verdankten ihr eine Menge. Und zwar ganz gewaltig. Sie waren es auch dem Twin Moon Rudel schuldig, da sie ihnen eine Chance gegeben hatten.

Simon blickte auf, um sich bei Tina zu entschuldigen, und... Scheiße. Ihr Bruder, Tyler, der Alpha des Rudels, stand hinter ihr und war offensichtlich *ganz* kurz davor, sich in seinen Wolf zu verwandeln, um sich in den Kampf zu stürzen. Wäre es nur Tyler gewesen, hätte Simon vielleicht einfach weitergekämpft, ohne Rücksicht auf die Konsequenzen zu nehmen. Aber Tina – ein kleines Geräusch von ihr reichte und alle im Raum beruhigten sich. Manchmal musste Simon sich fragen, welches Geschlecht das stärkere war.

„Ich weiß nicht, worum es hier geht", fing Tina an. „Aber ich bitte euch..."

Tylers mörderischer Blick sagte, *Und ich befehle euch...*

„... ihnen zu helfen. Gebt ihnen eine Chance."

Sie sagte nicht laut, *Dieselbe Chance, die wir euch gegeben haben*, aber es stand in strengen Linien auf ihrem Gesicht geschrieben.

Soren nickte schnell. „Sicher. Wir geben ihnen gern eine Chance."

Tyler warf Simon einen Blick zu, der sagte, *Ich warte.*

Er verkniff sich, dem Alpha des Twin Moon Rudels die Zähne zu zeigen, aber nur gerade so. Verdammt, wenn er in Tylers Position geboren wäre, hätte er ihn mit Blicken getötet. Aber so war es nicht. Er war nur ein Bär aus einem kleinen nördlichen Clan, dessen Existenz ausgelöscht worden war. Ein Bär, der versagt hatte, seine Familie zu beschützen, als es am wichtigsten war. Ein Bär, der hätte sterben sollen, sobald sein Rachefeldzug vorbei gewesen war, weil es nichts mehr gab, wofür es sich zu leben lohnte. Ein Versager von einem Bären, der...

Er schloss die Augen. Ein Bär, der es diesen Wölfen zu verdanken hatte, dass er sich am Rande ihres Territoriums niederlassen durfte. Er schaute zu Tyler auf. Wer könnte einem guten Alpha übelnehmen, dass er sich um sein Rudel kümmerte?

Er wollte ihn allerdings verfluchen, wenn auch nur stillschweigend. *Verdammte Wölfe.*

Die Worte, die Simon sich eine Sekunde später herausquälte, klangen jedoch resigniert. „Sicher. Wir werden ihnen eine Chance geben."

Der Alphawolf funkelte sie noch einen Augenblick länger an. Dann nickte er. „Ja, das werdet ihr."

Kapitel 3

„Was stimmt denn nicht?"

Jessica blickte von ihrem eigenen erschöpften Spiegelbild in der Bar zu dem ihrer Schwester. Verdammt, wie konnte Janna in so einem Moment immer noch so fröhlich aussehen?

„Alles. Gar nichts stimmt." Sie ließ die Schultern hängen. Sie war *ganz* knapp davor, sich in Embryonalstellung auf dem Boden zusammenzurollen und einfach aufzugeben. Aber ihre hartnäckige Wölfin hielt sie auf den Beinen.

Wir schaffen das! Wir können unseren Gefährten zurückerobern!

Wenn sie ihn zurückhaben wollte, was nicht der Fall war. Und wenn er sie liebte, was er nicht tat. Das hatte er ihr unmissverständlich klargemacht.

„Jess, Simon ist hier. Das ist eine gute Sache."

Sie schüttelte den Kopf und wünschte sich jetzt, sie hätte ihrer jüngeren Schwester nie von der Affäre erzählt, die sie vor all diesen Jahren gehabt hatten. Wie sehr sie sich in diesen süßen, stämmigen Bären verliebt hatte. Und wie sehr er ihr das Herz gebrochen hatte.

„Eine gute Sache? Da bin ich mir nicht so sicher", sagte sie.

Lügnerin, schimpfte ihre Wölfin.

„Natürlich ist es gut." Janna schwenkte ihre Hände durch den Saloon. „Und schau doch nur – wir haben Jobs in diesem tollen Laden."

Jessica ließ ihren Blick durch den Raum schweifen und blieb an der abplatzenden Farbe, den Kratzspuren und den klapprigen Stühlen hängen, die es vielleicht oder vielleicht auch nicht aushalten würden, wenn ein Gast nach einer herzhaften Mahlzeit darauf Platz nahm.

„Wenn wir noch Jobs haben", murmelte sie.

„Ach, komm schon", sagte Janna. „Du musst schon daran glauben."

Ihre kleine Schwester hatte leicht reden, auch wenn sie als Siebenundzwanzigjährige selbst kein Kind mehr war. Sie hatte ihren Schicksalsgefährten nicht gefunden, nur um sich von ihm auslachen zu lassen.

Ein kalter Schauer überkam Jessica und ihre Gedanken wanderten zu der zufälligen Begegnung in einem Schneesturm zurück, mit der alles begonnen hatte. Vor langer Zeit, bevor ihre Rudel überhaupt die Idee einer engeren Allianz in Betracht gezogen hatten. Sie war gezwungen gewesen, sich in eine Höhle zu flüchten, und Simon war hereingestürmt. In Bärengestalt noch dazu und hatte ihre Wölfin zu Tode erschreckt. Irgendwie hatte eins zum anderen geführt, als sie sich darauf geeinigt hatten, sich gegenseitig... ähm... warmzuhalten. Sie war wie auf Wolken geschwebt, als sie die Höhle zwei Tage später mit dem Versprechen verließ, ihn bald wiederzusehen. Es war, als wäre das Schicksal zusammen mit den entschlossenen Schneeflocken in diese Höhle hineingewirbelt und hätte ihr ins Ohr geflüstert. *Er ist der Richtige.*

Danach hatten sie und Simon ein Jahr damit verbracht, sich zu heimlichen Stelldicheins am Bach oder hinter den Mühlen zu treffen, dort, wo sich ihre Reviere überschnitten. Ein ganzes Jahr lang hatten sie versucht, ihre Familien auf subtile Weise davon zu überzeugen, dass eine Bären-Wolfs-Verpaarung eine gute Sache wäre. Und sie hatte es geschafft – sie hatte es endlich geschafft! Sie würde niemals vergessen, wie ihre Eltern sie riefen, um ihr die Nachricht zu überbringen.

„Die Bären haben deiner Verlobung mit dem Voss-Jungen zugestimmt."

Sie hatte sie beide umarmt und war in ihrer Wolfshöhle in Montana durch den Raum getanzt. Dann war sie zu ihrem Rendezvous aufgebrochen, das sie mit Simon verabredet hatte, um es zu feiern. Sie hatte sich an ihrem speziellen Plätzchen am Bach niedergelassen und gewartet. Es war einer dieser schönen Sommertage gewesen, an denen man die Brombeeren praktisch im Vorbeigehen schmecken konnte. Sie konnte immer noch die

Bienen vor sich sehen, die fröhlich vor sich hin summten, und das Plätschern des Baches hören, der sprudelnd dahinfloss. Es war der perfekte Ort, um auf ihren Geliebten zu warten. Ihren Verlobten. Ihren Gefährten. Sie hatte gewartet...

... und gewartet und gewartet.

Aber Simon war nicht gekommen und so hatte sie ihn in Panik gesucht, nur um einen eisigen, unbehaglichen Blick von ihm zu ernten.

„Hör mal, Jess, ich habe nachgedacht... "

Ihre Kinnlade war fast auf dem Boden aufgeschlagen, als Simon ihr alles gestanden hatte. Dass es für ihn nur eine Affäre gewesen war. Dass er bereit war, sie hinter sich zu lassen. Dass er nicht glauben konnte, dass sie das ganze Verpaarungsgerede ernst genommen hatte.

Einer seiner Clankollegen war zufällig vorbeigekommen und hatte ihn zu sich gerufen. Sie hatte jedes Wort gehört, das er und Simon gewechselt hatten.

„Wer war das?", hatte der andere Bär gefragt.

„Niemand", hatte Simon geantwortet. Nicht *niemand* im Sinne von, *Das ist mein heiliges Geheimnis*, sondern *niemand* im Sinne von wirklich ein Niemand. „Nur eine Wölfin, die mich nicht in Ruhe lassen will."

Der andere Bär hatte gelacht und Simon hatte es ihm gleichgetan. Auch wenn sein Lachen gezwungen klang, hatte Jessica am Bach geweint, bevor sie schließlich nach Hause gewankt war. Sie hatte kein Wort zu ihren Eltern gesagt, weil die Verlobung erst in drei Jahren stattfinden sollte. Und bis dahin würde sie einen Weg gefunden haben, sich aus der Sache herauszuwinden. Irgendwie. Oder vielleicht würde Simon bis dahin einen Weg gefunden haben, wie er sich der Sache entziehen konnte, denn offensichtlich wollte er sie nicht. Gott, wie sollte sie ihm jemals wieder gegenübertreten?

Aber sie war ihm wieder begegnet, und zwar zu vielen weiteren Gelegenheiten, denn ihr kleines Wolfsrudel und sein winziger Bärenclan hatten den Gedanken an ein Bündnis tatsächlich ernst genommen. Und bei jeder unvermeidlichen Zusammenkunft hatte er sie wieder abgewiesen.

„Nein, die ist mir zu dünn", hatte er einmal zu einem Freund gesagt. „Was soll ich überhaupt mit einer Wölfin?"

Jedes Mal wollte ihr Stolz sie glauben machen, dass Simons Stimme schwankte, als er sprach. Oder dass er die Schultern hängenließ, als hätte er die Worte nicht ernst gemeint. Einmal hatte er sie sogar mit so viel Schmerz und Trauer in den Augen angeschaut, dass sie am liebsten um ihn geweint hätte. Aber einen Moment später war ein Schatten über ihn gekommen. Er war ganz kalt und steif geworden und hatte sich abgewandt, als würde sie gar nicht existieren. Als hätte er sie niemals wirklich geliebt und als könnte er es niemals tun.

Simon hatte sie wieder und immer wieder abgewiesen, bis sie ihn schließlich hatte hassen wollen. Aber sie konnte es nicht. Jedenfalls nicht den Simon, den sie gekannt hatte. Den Simon, der mit einem Finger über ihre Wange gestreichelt hatte, wenn sie in Vollmondnächten Haut an Haut lagen, als sie sich davongeschlichen hatten, um allein zu sein. Den Simon, der ebenso gern ihre Hand gehalten hatte, während er mit ihr am Bach in der Sonne saß, wie er es genossen hatte, sich mit ihr auszuziehen. Den Simon, der sie so ehrfürchtig und staunend angesehen hatte, als hätte er nie wirklich gelebt, geatmet, gelacht oder geliebt, bevor er sie getroffen hatte.

Das war ihr Simon. Aber dieser neue Mann war ein Fremder. Was war geschehen? Wo war ihr Simon hin?

Zwei Jahre lang hatte sie ihn geliebt und gehasst. Bis zu dem Tag, an dem er und Soren abgereist waren. Der Bärenclan hatte die Geschwister losgeschickt, um von ihren Verwandten an der Ostküste zu lernen, bevor sie zu Hause echte Verantwortung übernehmen sollten.

Gut, dass wir den los sind, hatte sie versucht, sich einzureden.

Ihre Wölfin hatte jedoch die Tage bis zu seiner Rückkehr gezählt.

Aber dann hatten die Abtrünnigen zugeschlagen und sie hatte Simon nie wiedergesehen. Bis jetzt.

„Du musst daran glauben", wiederholte Janna und riss Jessica aus der Vergangenheit zurück in die Gegenwart.

Sie blinzelte auf die schiefen Bilder an den Wänden. Ja, sie glaubte daran. Das Schicksal war eine grausame Lehrmeisterin, die sie dazu zwang, Simon Voss wiedersehen zu müssen.

Tina kam aus dem Hinterzimmer und fixierte Jessica mit ihrem Blick. „Bist du dir sicher, dass du es willst?"

Da war er – ihr Ausweg. Sie wollte es nicht.

Ich brauche es. Die nackte Wahrheit flüsterte durch ihren Verstand. *Janna braucht es auch.* Sie brauchten die Jobs. Die Unterkunft. Sie konnten nicht länger davonlaufen.

Sie nickte knapp. „Ich will es." Ein Blick in den Spiegel über der Bar verriet ihr, dass sich ihre Lüge nicht zeigte, auch wenn ihre Erschöpfung es tat.

Tina musterte sie genau, bevor sie nickte. „Also gut. Folgt mir."

Die Wölfin mit dem rabenschwarzen Haar führte sie durch denselben Flur, in den Simon verschwunden war, und Jessica hätte sich fast gesträubt. Aber als sie dort ankamen, war er bereits verschwunden. Nur Soren und Tyler waren noch da und nickten ihr und Janna höflich zu. Tina führte sie zu der Treppe mit der Aufschrift *Privat* in der hinteren Ecke des Raums. Die Treppe knarrte laut, ebenso wie der nackte Holzfußboden im Obergeschoss. Ihre Schritte hallten durch den Flur.

„Das ist großartig!", rief Janna.

„Nun, es hat Charakter", gab Tina zu und das stimmte auch. Die Dielen waren breite Eichenholzstreifen, die Zierleisten waren im wirbelnden Mustern geschnitzt und kleine Einsätze von farbigen Scheiben erstreckten sich an den Oberkanten der Fenster. Kräftiges Grün, sonniges Gelb, samtenes Rot. Die Räume waren groß und luftig und die Decken über dreieinhalb Meter hoch. „Aber es ist eine Menge Arbeit nötig."

„Wir haben schon Schlimmeres gesehen", trällerte Janna prompt.

Ja, das hatten sie sicher, wenn auch nur gerade so. Nackte Glühbirnen hingen von der Decke, Tapeten lösten sich von den Wänden und die ersten beiden Zimmer waren gespenstisch leer.

„Die Jungs wohnen in diesen Zimmern." Tina zeigte darauf. „Das ist Sorens Raum."

Jess blinzelte. Das Zimmer war bis auf eine Doppelmatratze auf dem Fußboden und einem Bücherregal, das aus zwei Betonklötzen und einem Stück Altholz gebaut worden war, komplett leer. Abgesehen von den Taschenbüchern, die sich auf dem Regal drängten, und den Klamotten, die auf einem einzelnen Stuhl in einer Ecke gestapelt lagen, war das alles.

„Das hier ist Simons." Tina deutete mit der Hand und ging an einer geschlossenen Tür vorbei. Zum Glück war sie geschlossen, denn soweit es Jess betraf, war sie noch nicht bereit für eine weitere Begegnung mit ihm.

Trotzdem haftete sein Duft an ihrer Kleidung, als sie an der Tür vorbeieilte. *Weißt du nicht mehr, wie sehr du ihn geliebt hast?* schien der Duft zu sagen. *Wie sehr er dich geliebt hat?*

Tina wies auf eine Tür auf der linken Seite. „Das dort ist das einzige funktionstüchtige Badezimmer. Es tut mir leid."

Es roch stark nach Zitronenreiniger und Jessica atmete tief ein, um Simons Geruch auszulöschen.

„Oh, eine antike Badewanne mit Klauenfüßen. Wie nett!", sagte Janna.

Jess schüttelte den Kopf. Nur ihre Schwester konnte über die rostigen Flecken hinwegsehen, um so etwas zu schätzen.

Die Dielen knarrten, als sie noch zweimal um die Ecke in den hinteren Teil der Wohnung bogen.

Tina ging voran. „Ich denke, dass hier wären die besten Zimmer für euch. Sie befinden sich in einem eigenen kleinen Flügel. Schön ruhig und zur Rückseite hinaus, weg von der Straße."

Und weit weg von den Bären, wollte Jess hinzufügen. So weit weg wie möglich.

„Ich liebe die Fenster." Janna deutete mit einem Nicken auf die gewölbten Fenster, die eine ganz andere Aussicht boten. Nach hinten hinaus zum Innenhof des Blocks, befand sich ein Parkplatz, aber auch eine Reihe von Bäumen. Auf der Rückseite verlief eine kleine Gasse und dahinter...

„Wow. Großartige Aussicht."

Dem musste sogar Jessicas müder Geist zustimmen. Teile der Hügel waren mit dichten Kiefernwäldern bedeckt, von denen sie gar nicht gewusst hatte, dass es sie in Arizona überhaupt gab.

In diesem hinteren Teil gab es drei Zimmer, die in einem eigenen Flügel untergebracht waren. Abgesehen davon, dass sie sich das Bad mit den Männern teilen mussten, hatten Jess und Janna also ihre Privatsphäre.

„Das hier kann mein Zimmer sein und dieses dort deins. Und in der Mitte haben wir unser Wohnzimmer." Jannas Gesicht strahlte, als sie sich alles vorstellte.

Jess tat ihr Bestes, um es ebenfalls zu sehen. Wenn sie sich ein paar Möbel aus dem Second-Hand Laden besorgten, würde es irgendwie gehen. Nun, sobald sie genug verdient hätten. Fürs Erste würden die klobigen Matratzen und die krummen Schrankregale genügen müssen.

„Ich habe Bettwäsche im Auto", sagte Tina. „Und ich bin mir sicher, wir können irgendwo ein paar Möbel auftreiben."

„Das wird toll." Janna setzte sich auf die Matratze und hüpfte herum wie eine Sechsjährige. „Es ist toll, nicht wahr, Jess?"

Jessica nickte wie auf Befehl und war froh, dass es dieses Mal keinen Spiegel zur Kontrolle gab. „Ganz toll." Sie dachte an Simon, der irgendwo in einem Zimmer saß, und zwang sich zu einem Lächeln, anstatt die Stirn zu runzeln. „Es wird großartig werden."

Kapitel 4

Es war nicht großartig, aber Jessica schaffte es trotzdem, den ersten Tag zu überstehen... Irgendwie.

Der Anfang war überraschend einfach, weil Tina sie zu einem schnellen Einkaufsbummel mitgenommen hatte, als sie sah, wie wenig Kleidung sie besaßen. Sie hatte sogar noch eine ganze Ladung Lebensmittel obendrauf gepackt. Alles auf ihre eigenen Kosten.

„Wir werden es dir zurückzahlen", versprach Jessica. „Ich schwöre, das werden wir."

Tinas entspannter Blick wirkte Wunder, um sie zu beruhigen. „Da bin ich mir sicher. Macht euch keine Sorgen."

„Sollten wir nicht zurückfahren und beim Mittagessen helfen?", fragte Jessica.

Tina schüttelte den Kopf. „Die Jungs haben das bis jetzt auch geschafft..."

Jungs? Selbst in menschlicher Gestalt waren die Bärenbrüder so groß wie kleine Lastwagen.

„Sie werden es noch einen Tag mehr hinkriegen. Mach dir keine Sorgen."

Tina wiederholte diese letzten beiden Worte immer wieder, aber Jessica machte sich trotzdem Sorgen. Eine Menge Sorgen und nicht unbedingt darüber, ob die Brüder die Mittagszeit bewältigen würden.

Als Tina sie schließlich in den Saloon zurückbrachte und ihnen zum Abschied winkte, war es bereits nachmittags um Vier. Die gute Nachricht war, dass Simon in irgendeiner dringenden Angelegenheit verschwunden war, so dass sie sich lediglich mit seinem älteren Bruder auseinandersetzen mussten. Jess kannte Soren kaum, denn er war immer damit beschäftigt gewesen, von seinem Großvater zu lernen, wie man einen Clan anführte. Aber die wesentlichen Dinge, an die sie sich erinnerte, waren dieselben. Er war ein Mann weniger Worte, der seine Körpersprache reden ließ – meist in Form von breitbeiniger Stellung, die schrie: *Alphabär! Passieren auf eigene Gefahr!* Aber trotz seiner schroffen, einsilbigen Anweisungen war er erstaunlich höflich. Zumindest für einen Grizzlybären.

„Kühlschrank, Spüle, Herd. Verbrennt euch nicht", grunzte er bei einem Rundgang durch die riesige Küche zwischen dem vorderen und dem hinteren Raum des Saloons. „Harry." Er zeigte auf den Koch, einen älteren, fast tauben Wolfsgestaltwandler, als wäre der Mann ein weiterer Topf oder eine Pfanne.

Harry schenkte ihnen ein zahnloses Lächeln und machte sich daran, die Burger für die kommende Schicht vorzubereiten.

„Schlüssel." Soren deutete auf einen Nagel an der Wand und führte sie hinaus.

Jess wurde langsam klar, warum Tina dachte, dass ein paar freundliche Kellnerinnen das Geschäft im Saloon ankurbeln könnten.

„Räucherofen. Meiner. Nicht anfassen." Soren deutete auf ein Gerät in einem eingezäunten Bereich direkt neben der Hintertür. „Bitte", fügte er im Nachhinein hinzu und ging weiter.

Jess verweilte einen Moment neben dem Metallfass und genoss den Geruch von geräucherten Rippchen. Wenn sie auch nur annähernd so gut schmeckten, wie sie rochen, hatte der Saloon vielleicht doch eine Chance, Gewinn zu machen. Sie nahm sich vor, die Rippchen auf der Kreidetafel draußen auf dem Bürgersteig anzupreisen. In großen fetten Buchstaben.

Soren ging weiter und Jess und Janna folgten direkt hinter ihm. „Bierkühlschrank. Schließt euch nicht ein."

Auf seiner Liste gab es mehr Dinge, die sie nicht tun sollten, als Dinge, die sie tun durften, aber okay. Damit konnte sie leben.

„Gibt es einen Alarm?", fragte Janna.

Sorens gerunzelte Stirn sagte, *Ich bin der Alarm.*

Komischerweise beruhigte es Jess. Vielleicht hatte es doch etwas Gutes, für ein paar griesgrämige Bären zu arbeiten. Seit sie aus Montana geflohen waren, mussten sie ständig über ihre Schulter schauen, aber hier... Vielleicht mussten sie hier nicht um ihr Leben fürchten.

Nur um ihr Herz.

„Simon kümmert sich um die Bar", fuhr Soren fort, als sie zurück ins Gebäude kamen.

Jessicas Nerven verkrampften sich und bildeten einen Knoten in ihrem Magen. Dies war der Teil, den sie gefürchtet hatte. Als Kellnerin würde sich ständig mit Simon zu tun haben. Aber eine Sache nach der anderen, nicht wahr?

„Fragen?", fragte Soren.

„Und was machst *du*?", fragte Janna – die mutige Janna.

Er funkelte sie an, aber sein böser Blick schien eher dem Schicksal als ihrer Schwester zu gelten. „Rippchen räuchern. Papierkram. Bestellungen. Abschließen."

Die Schwestern tauschten Blicke aus. Okay, also ein Bär weniger, um den man sich im Minutentakt kümmern musste. Sie hatten beide schon einmal gekellnert. Damit würden sie zurechtkommen.

„Alles klar soweit?", fragte Soren.

Offensichtlich war dies das Ende seiner Tour.

„Ähm, Schürzen?", wagte Jessica zu fragen.

„Notizblöcke?", fragte Janna. „Angebot des Tages? Reinigungsmittel?"

Soren verzog das Gesicht zu einem tieferen Stirnrunzeln.

Jessica packte ihre Schwester beim Ellbogen und lenkte sie nach vorn. „Das kriegen wir schon hin. Nicht wahr, Janna?" Sie stieß ihre Schwester in die Rippen.

„Aua!", protestierte Janna. „Ich meine, richtig."

Soren nickte und verschwand nach draußen.

Der alte Harry, der Koch, schien die sicherere Person zu sein, dem sie ihre Fragen stellen konnten. Also taten sie dies und versuchten ihr Bestes, um sich in ihren neuen Job einzuarbeiten.

Als die ersten Kunden eintrafen, gab es so viele Dinge herauszufinden, dass Jessica es zunächst gar nicht bemerkte, als Simon hinter der Theke auftauchte. Aber in dem Moment, als er ihr auffiel, nun...

Er hätte selbst ein Teil des massiven Tresens sein können, so wie er dastand und starrte. Als wäre er aus Holz geschnitzt, wie der Bär in der Bergszene ganz oben. Die blauen Augen waren der einzige Teil an ihm, der sich bewegte. Er folgte ihr mit dem Blick, während sie arbeitete, und wandte ihn dann schnell wieder ab. Simon stand direkt vor dem Spiegel und es war fast zu viel, so viel von ihm auf einmal zu sehen – die ausdruckslose Vorderseite, den lächerlich breiten Rücken. Das dichte, sandfarbene Haar, durch das sie einst ihre Finger gezogen hatte, während sie sich küssten.

„Jess!", zischte Janna und riss sie aus ihrer Benommenheit. „Kunden. Los."

Klare prägnante Anweisungen waren alles, was ihr Verstand in diesem Moment verarbeiten konnte.

Sie setzte ein Lächeln auf, nahm die Bestellung des Kunden entgegen und erstarrte, als sie sich der Bar zuwandte.

Bar. Simon. Getränke...

Gott sei Dank nahm ihre Schwester ihr die Getränkebestellung aus der Hand und brachte sie zu Simon, als wäre er ein ganz normaler Barkeeper in einer x-beliebigen Kneipe.

Jess erschauderte bei dem Gedanken. Vielleicht war sie für Simon nur eine x-beliebige Geliebte. Ein Kerl wie er musste schon mehr als genug erlebt haben.

Doch als sie sich das nächste Mal umdrehte, ruhte sein Blick schon wieder auf ihr, und schien auch den ganzen Abend über auf ihr zu verweilen. Selbst wenn sie ihn eifrigst ignorierte, spürte sie seine Augen auf ihrem Rücken. Und verdammt noch mal, ihre Wölfin lächelte vor Vergnügen.

Mein! Gefährte!

Die Wölfin verstand es nicht. Und sie verstand *ihn* auch nicht. Hatte er sie so sehr verachtet, dass er jetzt besessen von ihr war?

„Du übernimmst das Essen, ich kümmere mich um die Getränke", sagte Janna, als sie das nächste Mal an ihr vorbeiging.

Und schon hatten sie ein System im Gang. Eines, das die Kunden bei Laune hielt und Jessica ermöglichte, sich so weit wie möglich von der Bar fernzuhalten, ohne den Saloon zu verlassen – oder besser gesagt, den Bundesstaat. Aber die Arbeit hielt sie auf Trab. Ganz besonders, nachdem Janna auf den Bürgersteig gesprungen war und einer Gruppe von Cowboys, die gerade die Straße hinunterlief, zugerufen hatte: „Spare-Ribs!" Schon bald floss das Bier in Strömen und die Rippchen wurden bis auf die Knochen hinuntergeschlungen. Lautes Gelächter schallte durch die Saloon-Türen. Mit dem Einbruch der Dunkelheit sank die Temperatur und eine angenehme Brise strömte herein. Sie brachte weitere Gäste mit sich, die vom Lärm der ersten Gruppe angezogen wurden.

„Es gibt nichts Besseres als Kunden, die neue Kunden anlocken", murmelte Janna mit einem zufriedenen Lächeln.

Es war nicht gerade ein Ansturm, aber es hielt sie auf Trab. Es war so viel los, dass ihnen sogar die Rippchen ausgingen, aber das schien niemanden zu stören, solange der Schnaps weiterfloss. Die Kundschaft waren allesamt Männer, aber sie waren nicht zu ungehobelt und im Großen und Ganzen alle höflich genug.

„Noch ein Bier, Schätzchen?"

„Wie wäre es mit Nachtisch?"

Es gab keinen Nachtisch, aber Jess verkaufte ihnen eine zusätzliche Portion Pommes und fügte eine weitere gedankliche Notiz auf ihrer Liste hinzu, die immer länger wurde.

Der einzige andere Gestaltwandler, der in den Saloon kam, war ein Bundespolizist namens Kyle Williams. Er war das erste Mitglied des Twin Moon Rudels, dem sie und Janna begegnet waren. Kyle war ein weiterer knallharter Gestaltwandler, der mit seinem grüblerischen Blick einen ganzen Raum zum Schweigen bringen konnte. Er kam herein, hob seinen Hut zum Gruß und warf jedem Kerl im Lokal einen langen, prüfenden Blick zu. Als er nach ein paar leisen Worten zu Simon wieder ging, schienen alle Anwesenden aufzuatmen.

Kurze Zeit später erschien Soren zum zweiten Mal an diesem Abend. Das erste Mal war er ein paar Stunden zuvor aufgetaucht, als alles in vollem Gange war. Er hatte sich umgesehen und war dann lautlos nach hinten verschwunden. Dieses Mal aber stellte er sich direkt neben die Theke, verschränkte seine baumstammdicken Arme vor der Brust und verkündete die letzte Runde.

Letzte Runde oder sonst, sagte seine Haltung einem jeden Kunden.

Jess hatte noch nie eine ruhigere Gruppe von Trinkenden gesehen, die aus einer Kneipe strömten. Und auch keine höflichere.

„Vielen Dank Schätzchen."

„Gute Nacht, Süße."

Die Kunden zogen sogar ihre Hüte. Sie gaben auch großzügiges Trinkgeld – mehr als sie jemals verdient hatte.

Jess warf einen Blick zurück zum Tresen, wo die beiden Brüder mit angespannten Minen dastanden. Zum ersten Mal kam ihr der Gedanke, dass Simon vielleicht nicht nur sie den ganzen Abend lang angestarrt hatte.

„Gute Nacht, Darling", rief einer der Cowboys und wich bei dem Knurren, das hinter der Bar ertönte, zurück.

Jess drehte sich um und musterte Simon, dessen mörderischer Blick den Mann zur Tür hinaus verwies, und zwar schnell.

Ein warmes, sicheres Gefühl breitete sich in ihrem müden Körper aus, als ihre Wolfsseite schon wieder ganz sentimental wurde. Hatte sie das Memo bezüglich des Starkseins nicht erhalten?

Unser Gefährte kümmert sich um uns. Er beschützt uns.

Er hat uns angelogen, wollte Jess erwidern, aber sie konnte sich nicht dazu durchringen. Nicht, während Simon sie noch immer anstarrte und seine Augen leicht glühten. So wie früher, vor all diesen Jahren, bevor alles schiefgegangen war.

War sie ihm immer noch wichtig? Hatte er noch immer Gefühle für sie?

Eine Wolke zog über sein Gesicht und er setzte erneut den teilnahmslosen Gesichtsausdruck eines Gefängniswärters auf, den er den ganzen Abend über aufgesetzt hatte.

„Kommt bald wieder." Janna geleitete die letzten Kunden zur Tür hinaus.

Jessica lehnte sich an einen Tisch und war plötzlich völlig erschöpft.

„Du. Du." Soren zeigte auf sie und dann auf Janna. „Gute Arbeit. Ab ins Bett."

„Nicht bevor wir das Trinkgeld gezählt haben", schoss Janna zurück. Jessica war sonst immer die Nüchterne und Mutige gewesen, aber jetzt waren die Rollen irgendwie vertauscht. „Zehn Prozent für die Bar, fünf für das Haus, richtig?"

Simon schüttelte den Kopf und selbst Soren sah überrascht aus, als er sagte: „Das Trinkgeld gehört heute Abend ganz euch."

Janna jubelte und tätschelte ihre prall gefüllten Taschen. „Wahnsinn!"

Soren nickte zustimmend. „Und jetzt los."

„Aber das Aufräumen...", protestierte Jess, obwohl ihre Füße sie quälten.

„Das machen wir heute Abend." Er nickte Simon zu. „Ihr könnt es morgen übernehmen."

Sie schaute sich um und musterte die noch abzuwischenden Tische und das schmutzige Geschirr, das abgeräumt werden musste. An die Toiletten wollte sie gar nicht erst denken. Die würden sich auch nicht magisch von selbst reinigen. „Aber..."

„Morgen", befahl Soren. „Ab ins Bett."

Sie hätte noch ein wenig weiter protestieren sollen, aber ihre Knie knickten schon ein und ein Blick in den Spiegel offenbarte ein Gespenst von ihrem üblichen Selbst. Oder besser gesagt, das Gespenst des Gespenstes, das sie in den letzten Monaten geworden war. Gott, wann war sie so dünn geworden, so ausgelaugt?

„Danke." Sie schwankte nach hinten.

„Gute Nacht!" Janna blieb an Jessicas linker Seite und schirmte sie so vor Simons Blick ab.

Und Junge, sie hatte ihre Schwester noch nie so sehr geschätzt wie am heutigen Abend.

„Gute Nacht", antwortete Soren.

„Gute Nacht", murmelte Janna, als sie an der Bar vorbeigingen.

Sie konnte Simon nicht sehen und hätte schwören können, dass sie ihn auch nicht sprechen hörte. Aber sie konnte seine Stimme in ihren Knochen spüren, als er seine Antwort knurrte.

„Gute Nacht.“

Kapitel 5

„Was denkst du?", fragte Soren, als sie die müden Schritte der Frauen über ihnen knarren hörten.

Simon schenkte sich ein halbes Glas Whisky ein und leerte es in einem Zug. Der Nachgeschmack verweilte lange auf seiner Zunge und er spürte den Rausch. Oder vielleicht war er auch nur von diesem Abend berauscht.

Was dachte er?

Es war der Himmel. Es war die Hölle. Jessica so nah bei sich zu haben – so unmöglich nah. Ihren schnellen Schritt zu beobachten, ihr leichtes Lächeln. Selbst wenn es auf andere Menschen gerichtet war, verursachte es einen Stich in seinem Herzen. Die Art, wie ihr Haar über ihre Schultern fiel, wie sie die Stirn in Falten zog, wenn sie eine Rechnung erstellte und wie sich ihr Gesichtsausdruck lockerte, wenn sie ihr Trinkgeld sah. Die ganze Zeit über hatte er sich selbst vorgemacht, dass nichts je passiert war. Dass sie wieder ihm gehörte.

Sein Bär schwankte zwischen dem beruhigenden, glücklichen Glühen, das ihn immer überkam, wenn Jess in seiner Nähe war, und der Sehnsucht nach ihr. Er hätte sie am liebsten nach hinten gezogen und sinnlos geküsst – für den Anfang. Genauso, wie sie es einst getan hatten, vor langer Zeit. Sie waren zusammen ausgegangen und hatten ein paar Nummern getanzt – nun ja, Jess hatte getanzt, während er sich darauf konzentriert hatte, nicht auf ihren Füßen herumzutrampeln. Und als er es nicht länger ausgehalten hatte, hatte er seine kichernde Freundin zur Hintertür hinausgezerrt und sie mit Küssen verschlungen, die er weder unterdrücken konnte noch wollte. Sie hatten es schließlich auf einer leeren Bierpalette direkt auf einem Parkplatz getrieben, wobei Jess auf der Kante saß und ihre Beine um ihn geschlungen hatte, während er immer wieder tief in sie eindrang. Sein Bär hatte die ganze Zeit gebrüllt, *Gefährtin! Gefährtin!*

Der verdammte Bär hatte die ganze Zeit so weitergemacht, selbst als sie müde geworden waren und nach Hause fuhren. Er hatte ihm alle möglichen verrückten Gedanken in den Kopf gesetzt, wie eine Hütte am Waldrand gefüllt mit ihrem Lachen, seiner Freude und ein paar Jungtieren.

Der verdammte Bär hatte ihn dazu gebracht, seinen Großvater davon zu überzeugen, dass eine Wölfin eine geeignete Gefährtin für einen Bären sein konnte. Und es sah alles so gut aus, bis das Kartenhaus in sich zusammenfiel.

„Du hast recht", hatte sein Großvater gesagt. „Unser Clan und das Wolfsrudel sind beide klein. Ein Bündnis könnte genau das sein, was wir brauchen."

Stellt euch mal seine Überraschung vor, als sein Großvater seine Entscheidung vor dem gesamten Ältestenrat verkündet hatte. „Ich habe mit dem Wolfsrudel gesprochen und sie sind einverstanden. Die älteste Macks-Tochter... "

Das war Jessica. Simon Seele hatte gesungen, weil er gewusst hatte, was er als Nächstes hören würde.

„... soll mit einem aus unserem eigenen Clan verlobt werden. Voss-Blut, vermischt mit neuem Blut."

Voss. Das war er. Sein Bär tanzte einen Freudentanz. Er und Jess hatten alle Hindernisse überwunden! Es war ihnen gelungen, die Erlaubnis von zwei sturen, altmodischen Gestaltwandlerclans zu bekommen. Sie hätten eine gemeinsame Zukunft!

„Sie werden sich in drei Jahren vermählen... ", hatte sein Großvater gesagt.

Die Wartezeit hatte ihn nicht erfreut, aber er konnte damit leben. Es war sinnvoll, sich zuerst um das Holzfällergeschäft der Familie zu kümmern. Auf diese Weise konnte er Soren unterstützen, wenn seine Zeit gekommen war, den Clan zu übernehmen. Soren konnte das gesamte Clangeschäft leiten, während Simon das Sägewerk führte. So war es schon seit ihrer Kindheit festgelegt worden und das war für ihn auch in

Ordnung. Solange er Jessica weiterhin sehen konnte, spielte die Wartezeit keine Rolle.

„… wenn unsere beiden Clans zusammenkommen und die Verpaarung von Jessica Macks und Soren Voss feiern werden."

Simons aufsteigende Emotionen hatten genau in diesem Moment eine Bruchlandung hingelegt. „Was, Moment, was war das?"

Ja, er war damit vor allen Anwesenden herausgeplatzt, obwohl die jüngere Generation während Ratssitzungen kein Wort sagen durfte.

„Was?", hatte auch Soren gebellt und obwohl *er* als rechtmäßiger Nachfolger das Wort ergreifen durfte, hatte ihr Großvater ihn angefunkelt.

„Das älteste Macks-Mädchen wird mit dem ältesten Voss verpaart", knurrte der alte Mann. „Soren."

Und einfach so war Simons ganze Welt zusammengebrochen.

Es spielte keine Rolle, wie sehr er flehte oder wütete. Es spielte keine Rolle, dass dieses Bündnis seine Idee gewesen war. Es spielte keine Rolle, was er wollte.

„Die Sache ist entschieden", hatte sein Großvater gesagt und das war es gewesen.

„Hat jemand Jessica gefragt?", rief er und als sein Großvater mit den Schultern zuckte, war er sprachlos gewesen.

„Wir haben ihren Vater gefragt."

Oh Gott. Offenbar waren Wölfe genauso mittelalterlich wie Bären, wenn es darum ging, ihre Jungen zu verpaaren. Welch ein Narr er gewesen war, zu glauben, dass es anders sein würde.

„Hat sich jemand die Mühe gemacht, es ihr zu sagen?"

Leere Blicke sagten ihm, dass es niemand getan hatte. Und er war zu feige gewesen, es selbst zu tun.

Soren hatte geschworen, dass er es nicht durchziehen würde. Er hatte Simon sogar anvertraut, dass er selbst bereits eine Gefährtin hatte – eine Frau, die er schon seit seiner Kindheit kannte. Es war nur eine Frage der Zeit, bis er die Ältesten um die Erlaubnis bitten wollte, sie zu seiner Braut zu machen.

„Wir werden uns etwas einfallen lassen. Das werden wir", hatte Soren geschworen.

Wunschdenken, und das hatten sie beide gewusst. Soren hatte keine Chance, jemals die Erlaubnis zur Verpaarung mit einer Menschenfrau zu bekommen.

„Und damit ist das Thema erledigt", hatte ihr Großvater, der Anführer des Clans, verkündet.

Simon wäre fast zu Boden gesunken. Es gab keinen Ausweg. Er würde sein ganzes Leben damit verbringen müssen, dass seine wahre Liebe mit seinem eigenen Bruder verpaart wäre. Sie hatten beide ihre eigenen Lösungen gefunden, Soren und er. Soren hatte sich zurückgezogen, starr wie ein Bär im Winter, und danach kaum noch ein Wort gesagt. Er hatte sich mit aller Macht in die Pflichten des Clans gestürzt, außer wenn die unwiderstehliche Anziehungskraft seiner Gefährtin ihn dazu brachte, sich davonzustehlen, um Zeit mit ihr zu verbringen.

Und Simon... was hatte er tun können? Wenn Jessica ihn so liebte, wie er sie liebte, würde sie eher sterben, als sich mit seinem Bruder zu verpaaren. Das, oder sie würde fliehen, und die Wölfe würden sie jagen und zurückschleppen. Ihr eigenes Rudel oder noch schlimmer, eines dieser plündernden Wolfsrudel, die darauf aus waren, die Rassenreinheit von Gestaltwandlern zu bewahren. Die Sorte, die ihre eigene Art von Selbstjustiz verübte, indem sie jeden lebendig verbrannten, der es wagte, diese Grenzen zu überschreiten.

Um ihrer selbst willen musste er Jess im Schutz ihrer beiden Clans behalten. Sie würde sicher sein, solange sie in der Nähe von Black River blieb. Sicher sein, solange sie mit Soren zusammen war.

Der Gedanke machte ihn krank, aber es war die Wahrheit. Er würde einen Weg finden müssen, um Jess dazu zu bringen, zu akzeptieren, dass sie niemals zusammen sein konnten.

Bis es ihm gedämmert hatte. Er durfte ihr nicht erlauben, ihn zu lieben. Tatsächlich wären sie beide besser dran, wenn sie ihn hassen würde, nicht wahr?

Er schüttelte den Kopf. Gott, er war so jung und dumm gewesen, so etwas zu glauben. Es war eine Folter, sie wegzustoßen. Jedes Mal, wenn er sich dazu gezwungen hatte, eine schreckliche Beleidigung auszusprechen, stieg die Galle in ihm auf. Aber er hatte sich eingeredet, dass er es für sie tat. Wenn

Jess ihn hasste, würde sie ihr Glück vielleicht mit Soren finden. Und was war schon dabei, wenn Simon sich selbst die Hölle auf Erde schuf? Wenn Jess ihn hasste, konnte er vielleicht damit umgehen, sie zu verlieren.

„Mein Gott, diese Wölfinnen waren ganz schön fleißig", murmelte Soren an seiner Seite.

Simon riss seine Gedanken zurück in den Saloon. Jess und Janna waren großartig gewesen. Der Saloon war reibungslos gelaufen. Der Umsatz war gut gewesen.

Und Jess hatte ihn die ganze Zeit über gehasst.

Scheiße, scheiße, scheiße. Er hatte so hart daran gearbeitet, dass sie ihn verachten würde, und es hatte funktioniert. Und jetzt, da die Gesetze, die ihnen das Glück verwehrt hatten, keine Rolle mehr spielten – seinen Bärenclan gab es nicht mehr, genauso wenig wie ihr Wolfsrudel. Sie waren beide Opfer der abtrünnigen Schurken geworden, die er so unterschätzt hatte –, war er immer noch am Arsch.

Ja, er trauerte um seine Familie. Ja, er trauerte auch um ihre. Und ja, er hatte die Wölfe zur Strecke gebracht, die ihre beiden Clans drei Tage vor seiner und Sorens Heimkehr ausgelöscht hatten. Aber es war alles umsonst gewesen.

Seine Gefährtin hasste ihn. Sie konnte ihm nicht einmal in die Augen sehen, verdammt noch mal. Er konnte sie haben und konnte sie doch nicht haben.

Die Ironie des Ganzen hätte ihn umbringen können. Er hatte sich seine eigene Hölle erschaffen. Seine eigene Verdammnis.

Soren klopfte ihm auf den Rücken und deutete auf den Saloon.

„Mach dich an die Arbeit. Putzen."

Simon machte den ersten von vielen steifen, schmerzenden Schritten und sagte sich selbst, dass er später eine Höhle finden würde, in der er sich zusammenrollen und sterben konnte. Im Moment würde er tun, was er tun musste.

Was genau war das gleich? Er dachte über seine Möglichkeiten nach, während er die Bar abwischte, die Gläser durch die Spülmaschine laufen ließ und das Waschbecken ausräumte. Seine Gefährtin würde ihn niemals akzeptieren. Sein Leben war vorbei.

Aber ihres war es nicht.

Er schaute aus dem Fenster und versuchte, einen Blick auf die Sterne zu erhaschen. Auf den Großen Bären, Ursa Major, und auch auf den Kleinen Bären, Ursa Minor. Eigentlich nach irgendeiner Konstellation, die ihm den Weg zu einer Lösung zeigen könnte. Aber die Sterne mieden ihn, wie sie es in den letzten Monaten getan hatten. *Finde es selbst heraus.*

Und schließlich tat er das auch. Ihm wurde klar, was er zu tun hatte. Er musste Jess die Chance geben, nach allem, was sie überlebt hatte, wieder auf die Beine zu kommen. Er musste ihr helfen, Geld zu sparen, um dann etwas Besseres als das hier zu finden. Vielleicht sogar mit jemandem, der besser war als er.

Sein Bär brummte innerlich, aber er schüttelte nur den Kopf. Wenn er Jess wirklich liebte, würde er genau das tun.

Er würde tun, was er tun musste. Für sie.

Kapitel 6

Jessica zwang sich, aus dem Bett aufzustehen – oder besser gesagt, von der überraschend bequemen Matratze auf dem Fußboden ihres unmöblierten Zimmers, in dem sie so gut geschlafen hatte wie seit Jahren nicht mehr. Nachdem sie auf die Geräusche eines Bären gelauscht hatte, war sie, so schnell sie konnte, ins Badezimmer geeilt. Aber selbst dort war sie vom Geruch von Simons Rasierwasser und Handtuch abgelenkt worden – das Handtuch, an dem sie ganz sicher nicht ein oder zweimal tief eingeatmet hatte. Eine weitere Sekunde der Verzögerung entstand durch das Bild seines perfekten, nackten Körpers, den sie sich in der Klauenfuß-Badewanne vorstellte...

Sie riss sich zusammen und hielt sich vor dem Spiegel dieselbe strenge Standpauke, wie sie es schon seit Jahren tat – *Er liebt dich nicht; also liebst du ihn auch nicht.* Schließlich huschte sie nach unten. Bären waren notorische Langschläfer und ihre Schwester Janna ebenfalls. Das bedeutete, dass sie das gesamte Untergeschoss zwei Stunden lang für sich allein hatte.

Sie hatte tief und fest geschlafen, doch dann holte sie die Realität wieder ein. Simon wiederzusehen. Sich nach ihm zu sehnen. Sich über ihn zu ärgern und auch über sich selbst. Die Trauer um ihre Familie und die Abscheu für die abtrünnigen Schurken, die ihr kleines Rudel ausgelöscht hatten.

Es gab nur einen Weg, um damit fertig zu werden: ihre eigene Form der Therapie. Kochen und putzen.

Nun, für den Anfang würde sie backen. Etwas, das sie als Kind gern mit ihrer Großmutter gemacht hatte. Sie waren in den Wäldern Beeren pflücken gegangen und hatten sich dann auf den Weg nach Hause gemacht, um eine Ladung Muffins zu backen. Sie begann, die Küche des Saloons zu durchstöbern, um zu finden, was sie brauchte. Es gab einen kleineren Kühlschrank mit der Aufschrift *Privat*, der mit riesigen Mengen an Eiern und Speck gefüllt war – von denen sie vermutete, dass Simon und Soren sie zum Frühstück in riesigen Holzfällerportionen hinunterschlangen – und sonst wenig anderes. Im Schrank fand sie jedoch einen Vorrat an Mehl. Es gab Backpulver, das dazu verwendet wurde, den industriegroßen Kühlschrank notdürftig frischzuhalten, und ein wenig Milch. Sie hatte die Brombeeren, die Tina gestern mit ihnen gekauft hatte, und die Schokoladenchips, die ihre Schwester beim Einkaufen mitgenommen hatte. Zucker in einer Dose in einem Regal an der Wand und sogar eine Prise Vanillin.

Kurzum, sie hatte alles, was sie brauchte. Sie schrubbte eine rostige Törtchenbackform, löffelte den Teig für ein Dutzend Brombeer-Schokoladen-Muffins hinein und schon war es erledigt.

Eine Träne rollte ihr über die Wange, als sie an ihre Großmutter und an all die geliebten Menschen dachte, die aus ihrem Leben verschwunden waren. Aber die Erinnerungen... Die konnte ihr niemand nehmen, nicht wahr?

Sie wischte sich über die Augen, blinzelte ein paarmal und schaute sich um. Arbeit. Sie brauchte Arbeit, um sich von der Vergangenheit abzulenken.

Harry hielt die Küche einigermaßen sauber, also begann sie im vorderen Raum des Saloons. Die Bar berührte sie nicht, denn irgendetwas sagte ihr, dass dies das Revier der Bären war und sie besser die Finger davonlassen sollte. Stattdessen machte sie sich daran, die Spinnweben in den Ecken des Raums und zwischen den Flügeln der Deckenventilatoren zu entfernen. Dann putzte sie die vorderen Fenster. Zwischendurch biss sie in einen Muffin und schwelgte in dem Geschmack, als wäre es ein weiterer Teil der Vergangenheit.

Dann machte sie sich auf den Weg nach draußen, um dort weiterzuputzen. Sie schrubbte und schrubbte, bis die Morgensonne hereinschien, und wünschte sich, sie könnte auch ihre Erinnerungen einfach so reinwaschen. Wenn sie die schlechten Gedanken doch nur wegspülen und Platz für die Sonne in ihrem Herzen schaffen könnte.

Das Wasser in ihrem Eimer wurde schnell grau und sie ging zurück in die Küche, um es auszutauschen. Während frisches Wasser aus dem Hahn lief, lehnte sie sich über das Waschbecken, schloss die Augen und dachte an den Bach in Montana, an dem sie und Simon sich immer getroffen hatten. Das schattige Plätzchen im Sommer. Der plätschernde Strom. Sie wanderte so weit in ihren Erinnerungen zurück, dass sie sich fast vorstellen konnte, wie er mit leisen Schritten hinter ihr auftauchte.

Dann riss sie die Augen auf und fuhr herum, denn da war wirklich ein Schritt, den sie im Boden vibrieren spürte.

„Simon", hauchte sie. Oder hatte sie es sich nur eingebildet? Für die nächste Minute war ihr Gedächtnis leer. Hasste sie ihn? Liebte sie ihn? Welches war es noch mal?

Dort stand er und füllte den größten Teil der Türöffnung aus. Er trug nichts weiter als eine lockere Jogginghose. Er sah aus wie ein Bär, der gerade aus dem Winterschlaf erwacht war, und sein Haar stand an einer Seite ab, während es an der anderen ganz platt war. Er kratzte sich mit einer Hand über die nackte Brust und strich sich mit der anderen über die Augen. Seine Schulter rieb er am Türrahmen und markierte den Ort als den seinen. Der einzige Teil von ihm, der wirklich wach zu sein schien, war sein Geruchssinn. Seine Nasenlöcher bebten und er schnupperte tief.

„Beeren?", murmelte er. Das Geräusch vibrierte durch den Boden und stieg langsam und sinnlich an ihren Beinen hinauf.

Ihr ging das Herz auf und ihre Wölfin wedelte mit dem Schwanz. Sie hatte ihren Gefährten glücklich gemacht! Er liebte sie! Er freute sich über die...

Ihre menschliche Seite trat sofort auf die Bremse. Gott, ihre Wölfin war genauso schlimm wie ihre Eltern mit ihrer altmodischen Art. Es ging in ihrem Leben nicht darum, Männern zu gefallen, schon gar nicht diesem einen. Sie war eine unabhängige, selbstständige, moderne Frau, die verdammt gut...

Simon kratzte sich am Kinn und sie erinnerte sich daran, wie sie früher seine Bartstoppeln geküsst hatte. Erinnerungen an die Höhle vor all diesen Jahren. Es war in diesem Schneesturm so kalt gewesen, dass sie keine andere Wahl gehabt hatte, als dort hineinzustolpern. Als Simon aufgetaucht war, war es in ihrem kleinen Unterschlupf so richtig heiß geworden. Zuerst vor Wut, als sie sich gegenüberstanden, und dann von einer ganz anderen Art von Hitze, nachdem sie sich bereit erklärt hatten, sich aneinanderzukuscheln, um sich gegenseitig zu wärmen. Er hatte seinen Körper schweigend an ihren Rücken gekuschelt und eine lange Zeit absolut still gelegen. Die einzige Bewegung war der schwache Lufthauch an ihrer Wange gewesen. Zumindest ein paar Minuten lang, denn sie hatte nicht anders gekonnt, als zu seufzen und sich an ihn zu schmiegen.

Dann war er vorsichtig näher gekommen. Schnüffelnd und dann kuschelnd, als könnte er ihr ebenso wenig widerstehen wie sie ihm. Er hatte sein Kinn in langen besitzergreifenden Zügen über die weiche Haut ihrer Wange gestrichen und es hatte alle Nervenenden in ihrem Körper in Brand gesetzt. Nicht lange danach hatte sie seinen Arm um sich gezogen, weil es so bequemer war. Als seine Finger zum ersten Mal ihre Brust berührten, hatte sie sich in seinen Armen umgedreht und seine Lippen für ihren ersten, sanften Kuss gefunden. Ein Kuss, der zu einem weiteren geführt hatte und dann zu noch einem und...

Jess richtete sich auf, riss sich aus den Erinnerungen los und war wieder in der Küche. *Mein Gott, was hatte das denn ausgelöst?*

„Brombeer-Muffins." Sie stellte sich breitbeiniger hin. Sie würde sich behaupten. Sie würde ihn niederstarren. Sie würde ihn wissen lassen, dass sie genauso über ihn hinweg war wie er über sie.

Oder zumindest würde sie so tun.

„Ich habe sie gebacken", fügte sie zur Sicherheit hinzu. Sie forderte ihn heraus.

Simons Ohren zuckten. Sein Blick wanderte nach unten, dann wieder nach oben und wieder nach unten. Sie hatte den deutlichen Eindruck, dass Simon genau das durchmachte, was sie eine Minute zuvor erlebt hatte. *Liebe ich sie? Hasse ich sie?*

Liebe! jubelte ihre Wölfin. *Liebe!*

Stück für Stück verbarg Simon seinen Gesichtsausdruck hinter der Maske, die seine Rüstung war, wie ein Schild, seine

Burg, und zog sich hinter die Mauern zurück. „Darf ich einen haben?"

Er bellte nicht und forderte nichts. Er fragte nur, fast wie es ein normaler Mann tun würde. Aber wenn sie genauer hinsah – wirklich hinschaute – sah sie den Bären in seinem Inneren. Er machte große Augen, war hungrig und wollte unbedingt herauskommen.

Sie verschränkte die Arme und zeigte ihm, dass auch sie den harten Kerl spielen konnte. Sollte er sich doch wundern und Sorgen machen, so wie sie es die ganze letzte Nacht lang getan hatte. Selbst wenn es nur für ein paar Sekunden war, verdammt, sie würde ein wenig Rache verüben.

„Sicher doch, Boss." Sie fügte das letzte Wort hinzu, um ihn weiter zu foltern. *Ja, du kannst einen Muffin haben, aber nur, weil ich keine andere Wahl habe.*

In dem Moment, in dem sie dies dachte, versteifte sich ihr Körper. Denn es war die Wahrheit. Sie hatte keine Wahl. Sie hatte schon seit geraumer Zeit keine Wahl mehr gehabt. Sie streckte ihr Kinn nach vorn, damit es nicht zitterte, und wandte sich wieder der Spüle zu. Sie drehte das Wasser ab und starrte in ihren Eimer, als wäre er ein Wunschbrunnen. Wenn sie doch nur einen Penny hätte...

Simon näherte sich mit langsamen, schweren Schritten. Näher. Noch näher. Sie kniff die Augen zusammen und stellte sich das perfekte Happy End vor. Er würde seine Arme um sie schlingen, und sie an seine Brust ziehen und flüstern: *Es tut mir leid, ich liebe dich und bitte, bitte, gibt mir eine zweite Chance.* Er würde ihr Ohr so wie früher küssen und sie würde sich umdrehen und den Kuss erwidern.

Als Simon direkt hinter ihr stand, schnürte ihr die Hoffnung die Kehle zu.

Er gab einen kleinen Laut von sich. Ein kaum wahrnehmbares, unterschwelliges Knurren. Der Duft der Begierde verdrängte den Geruch der Muffins und breitete sich wie ein angenehmer Nebel in der warmen Küche aus. Jessicas Wölfin hätte fast geheult.

Dann ein scharfes Einatmen, ein wütendes Schnaufen und er ging auf die Muffins zu.

Und *puff!* Ihre Fantasie verflog. Einfach so.

Jess griff so schnell nach dem Eimer, dass das Wasser oben herausschwappte. Sie schnappte sich ihren Wischlappen und eilte zur Tür.

„Jess." Simons Stimme ließ sie erstarren. Es war eine Stimme aus der Vergangenheit, denn sie klang sanft, wehmütig und süß.

Sie drehte sich langsam um. Dort stand Simon, der wie ein Mann aussah, der etwas guten langen Schlaf brauchen könnte, und nicht wie ein Mann, der gerade erst aufgewacht war. Er wirkte erschöpft. Besiegt. Als kämpfte er um die Kraft, weiterzumachen.

„Danke", flüsterte er.

Ein Wort. In Bärensprache praktisch eine Rede. Aber es war genug.

Sie nickte und ging langsam davon, anstatt so schnell wie möglich zu fliehen.

Ein Sieg. Ein sehr kleiner Sieg für ihren Stolz, wenn auch nicht mehr.

Sie schrubbte weiter die Fenster und schaffte es, ihre Gedanken zu verdrängen. Das heißt, an alles andere außer an die Muffin-Rezepte, die sie in den nächsten Tagen für ihren Bären ausprobieren würde.

Sie korrigierte sich schnell. Ähm, nicht für ihren Bären. Für ihren Boss. Nur ihr Boss. Und für ihre Schwester und den Saloon und alle anderen.

Ihre Wölfin leckte sich die Lippen. *Ja, genau.*

Kapitel 7

So vergingen zwei Wochen und Simon schwankte weiter zwischen Himmel und Hölle.

Es war der Himmel, Jessica zu sehen – strahlend, lebendig und voller Energie –, während die Morgensonne auf ihrem Haar tanzte. Ihr Honig-Lavendel-Duft war der Himmel, wenn sie aus der Dusche trat und den Flur entlangschlich. Sie dachte, er schlief, obwohl er nach ihr lauschte. Der Himmel war in den Muffins, von denen sein Bär behauptete, sie hätte sie nur für ihn gebacken. Obwohl sie sie mit allen anderen teilte.

Aber die Hölle war nie weit entfernt. Es war die Hölle, Jessicas graublaue Augen auf den Boden starren zu sehen. Die Art und Weise, wie ihr Lächeln verschwand, wenn sie sich von einem Kunden abwandte und ihm entgegenblickte. Es war die Hölle, nach einem langen Arbeitstag die Treppe hinaufgehen zu müssen und nicht in der Lage zu sein, dem Instinkt um die Ecken des Flurs bis zu ihrem Zimmer zu folgen.

Hölle und Verdammnis. Er erlebte sie jeden Tag.

Gelegentlich waren er und Jess so beschäftigt, dass sie es vergaßen. Ihre Körper bewegten sich aufeinander zu, nur um dann wieder auseinander zu huschen. Es war, als wüssten ihre animalischen Seiten genau, was sie wollten, während die menschlichen stur auf Abstand blieben. Zur Hauptgeschäftszeit würde er Getränke an der Theke einschenken und sie käme vorbei, um sich in der Spüle die Hände zu waschen. Irgendwie glitt der Raum zwischen ihnen dahin, bis sich ihre Arme berührten und Feuer durch sein Blut raste. Ein ursprünglicher trommelnder Rhythmus begann in seinen Knochen zu pulsieren. Ein Lächeln würde über seine Lippen huschen–

–und Jess würde zusammenzucken und, ohne einen Blick zurückzuwerfen, davoneilen.

Es war also nichts anders, obwohl nichts mehr so wie früher war. Natürlich war es das nicht, da die zwei Wölfinnen langsam den Saloon übernahmen. Jess und ihre Schwester waren wie zwei Tornados, die nichts an ihrem Platz ließen. Manches änderte sich zum Guten, manches zum Schlechten.

Es fing mit dem Putzen an, was größtenteils gut war. Abgesehen davon, dass sie den ausgestopften Biber, der in der Ecke neben der Bar hing, wegwarfen. Sie behaupteten, er wäre ekelhaft und schimmlig und eine Schande für Gestaltwandler überall.

Nun, okay, das musste er ihnen lassen, auch wenn er Biber hasste. Versnobte, intellektuelle kleine Dinger.

Als Nächstes nummerierten Jess und Janna die Tische. Worum es dabei ging, wusste er nicht. Es gab ja nur zehn Tische im ganzen Lokal. Ein paar auf der rechten Seite, ein paar in der Mitte und die Sitzecken an der Seite. Wer brauchte dafür schon Nummern?

Wölfe anscheinend. Jess und Janna stellten sogar ein paar Tische um und faselten etwas über Kundenverkehr, Licht und Ausblick.

Er schaute sich um. Welcher Ausblick?

„Drei Cola für Tisch fünf", sagte Jess und reichte die Getränkebestellung an ihre Schwester weiter. Ohne ihn zu beachten natürlich.

„Drei Cola für Tisch fünf", wiederholte Janna, als sie ihr Tablett abstellte.

Er spähte in den Saloon hinaus und fragte sich, welcher der Tische Tisch fünf war, denn es war nicht so, dass sie die Tische beschriftet oder ihm eine Übersicht oder so etwas gegeben hätten. Nein, sie hatten es sich gemerkt. Ein Glück, dass er die Getränke, die er einschenkte, nicht selbst liefern musste.

Und das war nur die Spitze des Eisbergs. Nein, eine gottverdammte Lawine, und Soren und er hatten alle Mühe, einen Schritt voraus zu bleiben.

Die Speisekarte wuchs, so wie sich auch die Haarpflegeprodukte im gemeinsamen Bad vermehrten. Wie am dritten

Morgen der Lawine, als er aus einem wunderschönen Traum aufgewacht war, in dem er und Jess sich nackt auf einer Bergwiese gewälzt und sich gegenseitig mit Beeren gefüttert hatten – eine seltsame Kombination, aber ein verdammt guter Traum. Er war schließlich die Treppe hinuntergestolpert und fand die Küche mit Muffins vollgestopft vor – so weit das Auge reichte Muffins in Hülle und Fülle. Die Luft duftete nach Zucker, aber von Jess war keine Spur zu sehen. Er schnappte sich einen Muffin, der ihn geradezu anflehte, ihn zu verschlingen. Als er hineinbiss, stöhnte er auf. Süße, saftige Blaubeeren explodierten in seinem Mund und versetzten ihn zurück nach Hause nach Montana. Er stand eine Weile lang da und genoss den Geschmack. Dann machte er sich auf den Weg hinaus. Immer noch keine Spur von Jess, also ging er durch die offene Tür. Er blieb beim Anblick von Jess, die neben einer Straßentafel hockte und das neueste Angebot des Saloons darauf schrieb, plötzlich stehen.

Kaffee und Muffin zum Mitnehmen! Ihre Schrift war sauber und einladend. *$6 Kombi.*

„Kaffee und was?", brüllte er, plötzlich hellwach.

Sie zuckte zusammen, wie sie es immer tat, wenn er in der Nähe war, und hörte auf zu summen. Langsam stand sie auf. Trotzig. Ganz Wolf mit ihrem Stolz. Wahrscheinlich verzog sie das Gesicht, als sie sich umdrehte, und setzte diesen eisigen Ausdruck auf, mit dem sie ihn immer anfunkelte.

Ja, da war er. Und Gott, sie war etwas Besonderes, selbst als Eiskönigin.

„Muffins." Herausfordernd zog sie das Wort in die Länge.

Muffins? Sie wollte *seine* Muffins verkaufen?

„Dies ist ein Saloon, keine Bäckerei."

„Ein Saloon, der jeden Kunden gebrauchen kann", erwiderte sie und trat zurück, um ihre Arbeit zu mustern. Sie kniete sich erneut hin, wischte die $6 weg und änderte sie zu $5,99.

„Wen kümmert denn ein Penny?"

„Glaube mir, es funktioniert."

Ein Zettel flatterte aus ihrer Hand und er schaute ihm nach, als er wie ein Steppenläufer über den Bürgersteig flog.

„Was ist das?"

„Flugblätter." Sie reichte ihm eins. „Ich stecke sie in die Tüte mit den Muffins. Aber was wir wirklich brauchen, sind bedruckte Servietten."

Wir? Sein Bär strahlte vor Hoffnung.

Er warf einen Blick auf den Zettel in seiner Hand und versuchte, sich nicht ablenken zu lassen. *Rippchen, Burger und Bier vom Fass im Blue Moon Saloon. Donnerstagsspezial.*

„Wir haben ein Donnerstagsspezial?"

„Jetzt schon." Jessica winkte jemandem auf der Straße zu – einem Mann mit einem ganzen Teller Muffins in den Händen. „Bis später, Mike!"

Mike? „Wer zum Teufel ist Mike?"

„Vielen Dank, Schätzchen. Bis später", rief das kleine, glatzköpfige Arschloch, bevor es in einem Laden zwei Häuser weiter verschwand.

„Ja, Mike", sagte Jess. „Ihm gehört Mike's Eisenwaren."

Er starrte sie an. „Erzähl mir nicht, dass du Muffins verschenkst." *Meine Muffins verschenkst,* hätte er fast gesagt.

„Denk doch mal nach. Wir liegen auf halbem Weg zwischen Mike's Eisenwarenladen und dem nächsten Parkplatz. Wenn die Parkplätze auf der Straße voll sind, kommen die meisten seiner Kunden direkt an uns vorbei."

„Ja, während wir geschlossen haben."

„Wenn wir aber eine halbe Stunde früher aufmachen..."

Sie wollte, dass er eine halbe Stunde früher aufstand?

„... dann erwischen wir noch einen Teil seines morgendlichen Ansturms. Und wenn Mike und seine Leute sich die Finger lecken und sagen, wie gut die Muffins im Blue Moon Saloon sind, werden seine Kunden zu unseren Kunden."

Sie verkniff sich, *Dumpfbacke* am Ende des Satzes hinzuzufügen, aber er konnte sehen, dass es ihr auf der Zunge lag. Offensichtlich hatte ihre Wölfin ihre kesse Seite wiedergefunden. Er sah schweigend zu, wie sie sich wieder über die Tafel beugte. Was denn noch?

Soren kam neben ihm aus dem Haus und gähnte. Schweigend schaute er Jess beim Schreiben zu, während er sich die Brust kratzte.

Sie standen beide noch lange da, als Jess sich erhob, zufrieden nickte und zurück ins Haus marschierte.

„Glutenfrei?" Soren starrte auf den Muffin, den er in der Hand hielt. Er nahm einen Bissen, spülte ihn mit einem Schluck Kaffee hinunter und kaute nachdenklich. „Himbeeren und Schokolade. Nicht schlecht. Nicht schlecht."

Großer Gott. Auf wessen Seite stand Soren eigentlich?

Danach verbrachte Simon fünf Minuten damit, sich am Türrahmen zu reiben und zu versuchen, die Oberhand zurückzugewinnen.

Und das war erst der Anfang. Es wurde sogar noch schlimmer – oder besser, je nachdem, wie man die Veränderung ansehen wollte. Die Kreidetafel neben der Tür war mit bunten femininen Schriftzügen gefüllt, angefangen bei *Geräucherten Spare-Ribs*, die mit kleinen Flammen verziert waren. Dann kamen die Burger. Haufenweise Burger. Wenn es um Burger ging, waren ihrer Fantasie keine Grenzen gesetzt. Und zwei Wölfinnen waren gefährlicher als eine.

„Wir brauchen ein Leitthema", hatte Janna eines Abends verkündet und mit Autorität gesprochen. „Motto-Burger."

Was zum Teufel war denn ein Motto-Burger?

„Diamantrücken-Burger!", rief Janna inspiriert. „Wie das Muster einer Klapperschlange. Harry kann auf dem Grill ein Rautenmuster in das Brötchen brennen."

„Mesa-Burger", sagte Jess und Janna schrieb es auf. Sie liebten es, Dinge aufzuschreiben. „Mit offenen Brötchen und Käse obendrauf."

Wenn er es sich vorstellte, klang das gar nicht so schlecht.

„Hungriger Cowboy Burger", fuhr Jess fort. „Mit Speck."

„Oh! Oh! Ich hab es." Janna hüpfte, während sie wie wild weiterkritzelte. „Hungriger Bären-Burger!"

Simon wollte gerade protestieren, aber sie redete schon weiter.

„Mit Barbecue Soße!"

Soren neigte den Kopf und leckte sich über die Lippen.

„Hungrig klingt gut", entschied Jess.

Sie brachten ihn zum Sabbern, wenn sie nur davon sprachen. Er schaute zu, wie sie sich einen neuen Burger nach dem anderen ausdachten, und bei all den Ideen schienen sie praktisch zu schweben. Avocado-Burger. Cheeseburger mit Speck. Feta-Spinat-Burger.

„Großer Rindfleisch-Burger!", rief Janna fröhlich.

Sie waren so aufgeregt. So lebendig. So voller Energie und Begeisterung, wie ein paar Kinder an ihrem ersten Limonadenstand. Es färbte ein wenig auf ihn ab. Vielleicht sollte er sich nach weiteren kleinen Mikro-Brauereien oder Biersorten umsehen, die er im Ausschank anbieten konnte...

Er machte sich hinter der Theke zu schaffen und tat so, als wäre er beschäftigt, während er die Schwestern beobachtete. Vielleicht machte es gar nichts aus, wenn niemand jemals einen Gemüse-Burger kaufte. Allein die Vorstellung schien sie aufzuheitern. Zwei Schwestern, die so viel durchgemacht hatten. Nach allem, was Tina ihnen anvertraut hatte, hatten sie die Zerstörung ihres Rudels miterlebt. Sie waren in der Nacht des Gemetzels dort gewesen und nur knapp entkommen. Sie hatten viel mehr gelitten als er.

Langsam, aber sicher, kamen sie wieder auf die Beine.

Auch Soren beobachtete sie und seine ernste Miene verriet, dass er dasselbe dachte. Sie tauschten vorsichtige Blicke aus. Scheiße, vielleicht sollten auch sie die Vergangenheit hinter sich lassen.

Simon betrachtete das Seifenwasser in der Spüle und dachte eine Weile darüber nach. Es gab nur einen Haken. Jess und Janna hatten um ihr Leben gekämpft und waren entkommen. Soren und er waren überhaupt nicht entflohen. Vor allem nicht der Schuld, die sich eingestellt hatte, als ihnen bewusst wurde, dass sie versagt hatten, für ihren Clan zu sorgen, als dieser sie am meisten gebraucht hätte. Soren hatte bei dem Angriff auch seine Schicksalsgefährtin verloren. Er hatte sie im Stich gelassen, genau wie Simon Jess im Stich gelassen hatte.

Aber Jess hatte überlebt. Und da stand sie nun, hasste ihn und lebte ihr Leben weiter.

Soren ging zurück in die Küche, um eine weitere Ladung Rippchen vorzubereiten, und Simon kam nicht umhin sich eine Frage zu stellen. Gelang es Frauen besser, Dinge zu überwinden als Männern? Oder waren Wölfe einfach besser darin als Bären?

Er seufzte. Je schneller er Jess loswerden und zu etwas Besserem drängen konnte, desto besser wäre es für ihn. Irgendwo weit, weit weg, damit sein Bär sie nicht riechen, spüren oder sich ständig nach ihr sehnen konnte.

Sein Bär brummte in seinem Inneren. *Versuch' du nur, mir meine Gefährtin wegzunehmen. Versuch' es nur.*

Er schob den Bären beiseite. Was Jess und Janna brauchten, war etwas Angemesseneres als ein Kleinstadtsaloon. Etwas, das besser zu ihnen passte. In jeder Hinsicht tatsächlich. Und irgendwie musste er die nächsten paar Wochen durchstehen. So lange, bis die Schwestern selbst erkannten, wie ungeeignet sie für das Saloongeschäft waren. Bis sie sich selbst etwas anderes suchten – am besten irgendwo auf der anderen Seite des Kontinents – und weiterziehen würden. Nach Alaska. Oder vielleicht sogar nach Australien. Wie dem auch sei. Aus den Augen, aus dem Sinn, nicht wahr?

Sein Bär gab ein langes tiefes Knurren von sich.

Das Problem war, dass sie gar nicht ungeeignet für das Saloongeschäft waren. Nicht im Geringsten. Janna war witzig und aufgeschlossen. Sie kam gut mit den Kunden zurecht und konnte auch mit seinem griesgrämigen Bruder umgehen. Es schien ihr sogar *Spaß* zu machen, die Tische zu bedienen, was gar keinen Sinn ergab. Und nicht nur das, sie hatte auch eine Art, die Kunden von der Straße hereinzulocken.

„Wir haben großartige Burger, wissen Sie." Mit diesem Satz überredete sie die Touristen und fügte dann noch hinzu: „Mit regionalem Rindfleisch. Und das perfekt passende Bier einer lokalen Kleinbrauerei noch dazu."

Es war tatsächlich das einzige lokale Bier, das sie führten. Sie sollten wirklich mehr ins Angebot aufnehmen.

„Einen schnellen Kaffee? Ein gegrilltes Wurstbrot zum Mitnehmen?" Das bot sie den Bauarbeitern an, die vom Parkplatz zu Mike's Eisenwaren eilten. Die Idee stammte von Jessica, die Ausführung war ganz Janna. Die Bauarbeiter bestellten auf dem Weg in den Eisenwarenladen gegrillte Vesperbrote und holten sie auf dem Weg zurück dann ab. Die altmodische Registrierkasse, die am Ende der Bar stand, klingelte fröhlich bei jedem Verkauf.

„Fünfzehn Biersorten vom Fass", gurrte Janna dem Cowboys zu. Typen wie Cole, der praktisch Stammkunde an der Bar wurde. Mit Jannas Aussehen und ihrer fast, aber nicht ganz, flirtenden Stimme klappte das jedes Mal.

Jess war eher zurückhaltend, aber sie war ein Profi darin, alles in Gang zu halten, ohne dabei gehetzt zu wirken. Jeder Wasserkrug wurde aufgefüllt, bevor er zur Hälfte leer war, und jeder Tisch in Rekordzeit neu eingedeckt. Sie räumte den Geschirrspüler aus, bevor er überhaupt bemerken konnte, dass der Spülgang zu Ende war, und wischte die Tische ab, sobald die Gäste aus der Tür waren. Und *zack!* – schon war sie bei den nächsten Gästen.

„Was darf ich Ihnen bringen?" Jess beugte sich mit ihrem Notizblock und Stift nach vorn und verströmte eine Ausstrahlung, die sagte: *Das Essen ist großartig und der Service effizient.*

„Was darf ich Ihnen bringen?" Jedes Mal, wenn Jess das jemanden fragte, drehte Simon den Kopf.

Dich, wollte er antworten. *Du darfst mir dich bringen. Dich und die Vergangenheit, bevor das alles passiert ist. Du weißt schon, als wir noch lächelten und lachten und uns geliebt haben. Als die Zukunft noch mehr war als ein weiterer Tag in der Hölle.*

„Was darf ich Ihnen bringen?", fragte sie und richtete die Frage nicht an ihn, sondern an ein Pärchen, das gerade zur Tür hereingekommen war.

Er schaute sich die Kunden an. Ein nettes, gepflegtes Paar, das Halbschuhe trug, die sie als auswärtige Besucher erkennbar machten. Das war die andere Sache. Jess und Janna hatten angefangen, eine ganz neue Kundschaft anzulocken. Simon überflog den Laden und zählte. Vielleicht sahen er und sein Bruder irgendwie bedrohlicher aus, als sie es sein wollten, denn so viele... nun ja, *normale* Leute hatten sie noch nie im Blue Moon Saloon gehabt. Ein paar Geschäftsleute saßen in einer Sitzecke an der Seite, tippten Notizen in ihre Tabletts und verglichen Tabellen. Eine Familie – mit Kindern! – wagte sich durch die Tür und Jess ließ die Kinder innerhalb von zwei Minuten auf Servietten herumkritzeln.

„Buntstifte", zischte Jess, als sie die Getränkebestellung auf die Theke klatschte. Nach etwa einer Woche hatte sie endlich damit begonnen, ihm gelegentlich eine Getränkebestellung selbst zu bringen. „Setz das auf die Liste. Wir brauchen Buntstifte. Und Platzdeckchen zum Ausmalen."

Wir? Buntstifte? Die Worte klangen fremd in seinen Ohren.

Aber sein Bär liebte es, sie nur wenige Zentimeter von sich entfernt zu wissen. Das Tier liebte das Klackern ihrer Schuhe, denn selbst wenn Jess in die Küche eilte, würde sie schon bald wieder herausgestürmt kommen. Ihr Lavendelduft vermischte sich langsam mit den Gewürzen in der Küche und wehte dann beim nächsten Vorbeigehen wieder hinaus. Der Duft eines frischen Gebirgsbaches. Der Duft von zu Hause.

Buntstifte. Sein Bär nickte innerlich. *Kinder. Schön.*

Simon beschloss, dass es sicherer wäre, nicht weiter darüber nachzudenken, an wessen Kinder der Bär dachte – an die von Tisch drei oder fünf oder vielleicht auch an die, die er eines Tages mit Jessica haben wollte. Er knirschte mit den Zähnen. Die Frau war unglaublich.

„Welche Liste?", knurrte er, aber sie war bereits weitergeeilt.

Es durfte keine Liste geben, denn eine Liste bedeutete, dass sie sich in den Saloon integrierte, und das ging einfach nicht.

Irgendwie musste er sie loswerden und dazu bringen, mit ihrem Leben weiterzumachen. Damit er auch sein eigenes weiterleben konnte.

Es ist nicht mehr verboten, frohlockte sein Bär.

Ihr steifer Rücken und die eisigen Augen sagten jedoch das Gegenteil. Sie schrien es geradezu heraus.

Kapitel 8

Es war Samstagabend und das Rodeo war in der Stadt. Das bedeutete, dass sich alle Gespräche um Bullen, Reiter, die anhaltende Dürre und den dummen Wanderer drehten, der mit einer Zigarettenkippe fast den Wald abgefackelt hätte. Und ja, das Geschäft lief schlecht. Schleppend genug, dass Simon viel zu viel Zeit hatte, um über Jess nachzudenken.

Über ihn und Jess und schlimmer noch, über sich selbst.

Aber hauptsächlich über sie.

Irgendwie hatte er eine Art Gleichgewicht gefunden und ein Teil von ihm wollte sich vorstellen, dass sie so weitermachen könnten. Er könnte so tun, als ob er sie nicht lieben würde, während sie ihn im Stillen weiter hasste, ohne dass dies die Arbeit oder andere Teile seines Lebens beeinträchtigen würde.

Nur ein unbedeutendes Detail, bemerkte sein Bär. *Wir haben kein Leben.*

Und das stimmte so ziemlich. Er hatte nichts als seine Arbeit. Er *wollte* nichts als seine Arbeit.

Und Jess, grunzte sein Bär. *Jess, Jess, Jess.*

Dickköpfiges Biest. Gieriges Biest, weil sie etwas Besseres als ihn verdient hatte. Dummes Biest, zu glauben, dass sie einen Versager von einem Bären jemals zurücknehmen würde. Er hatte bessere Chancen, die Staatslotterie von Arizona zu gewinnen, als sie zurückzuerobern, vor allem nachdem, was dann geschah.

Er hatte es vermasselt. Und zwar im großen Stil.

Das Telefon hatte geklingelt. Das war alles. Das war der Auslöser gewesen. Nur das blöde Klingeln des Telefons und seine übereilte Reaktion.

Er war den ganzen Abend übernervös gewesen, weil Tyler Hawthorne zuvor vorbeigekommen war, um ihn und Soren zu einem kleinen Gespräch beiseitezunehmen. Wenn ‚ein kleines Gespräch' die richtige Bezeichnung für den scharfen Blick und das donnernde Schweigen des Alphas des Twin Moon Rudels war.

„Wir haben Nachrichten aus Colorado erhalten", begann Tyler mit einer so leisen Stimme, dass Simon sich vorbeugen wollte, um ihn besser zu hören. „Diese Bande von Abtrünnigen hat sich umgehört."

Simon hatte sich am ganzen Körper versteift, während Tyler ihn mit einem Laserblick angestarrt hatte, als wäre *er* der verdammte Schurke.

Niemand brauchte zu erklären, welche Abtrünnigen Tyler meinte. Es waren immer welche unterwegs, aber nur eine Gruppe, die dem Twin Moon Alpha tatsächlich Sorgen bereiten würde. Die Blaublüter – *Blue Bloods* – die Bande, die ihren Bärenclan und das Wolfsrudel in Montana ausgelöscht hatte.

Tyler beugte sich vor. „Ich dachte, ihr hättet gesagt, ihr hättet sie getötet."

Wohl eher in Stücke gerissen, wollte Simon sagen. Soren und er waren zu spät nach Black River zurückgekehrt, um noch etwas anderes tun zu können, als das Gemetzel zu entdecken. Aber sie hatten die Schurken danach zur Strecke gebracht. Sie hatten jeden einzelnen, den sie finden konnten, aufgespürt, gefangen und getötet. Es hatte Monate gedauert.

„Wir haben jeden getötet, den wir finden konnten", antwortete Soren mit scharfer Stimme.

„Und dann?" Tyler funkelte ihn an.

Soren starrte auf den Boden. Simon ebenfalls. Was dann? Sie hatten aufgehört, zu jagen, weil sie erschöpft gewesen waren. Sie hatten jeden einzelnen der abtrünnigen Wölfe, die an der Ermordung ihres Clans und Jessicas Black River Rudels beteiligt gewesen waren, gefangen und getötet.

Das Problem war nur, dass diese Handvoll von Verbrechern Teil einer größeren Organisation waren, die sich an Langeweile und Unzufriedenheit nährte. Wolfsrudel wurden in strengen Hierarchien geführt und junge Männchen hatten drei

Möglichkeiten. Sie konnten sich an die Spitze kämpfen, lernen, als Untergebene zu leben, oder sich aus dem Staub machen. Diejenigen, die sich für Letzteres entschieden, streiften in unorganisierten Gruppen umher und verursachten hier und da Ärger. Gruppen wie die Blue Bloods rekrutierten aus diesen Reihen. Aber die Blue Bloods waren nicht so unorganisiert wie die anderen. Und in diesen Tagen waren sie nicht nur hier und dort, sondern überall, so schien es jedenfalls. Sie wagten es nicht, sich mit großen mächtigen Rudeln wie Twin Moon anzulegen, das voll von Alphamännchen war, die ihrem Rudel und ihrem Anführer treu ergeben waren. Stattdessen hatten es die Blue Bloods auf kleinere Splittergruppen von Gestaltwandlern abgesehen.

Soren schnitt eine Grimasse. „Wir haben die Verantwortlichen erledigt."

Tyler sah nicht beeindruckt aus. „Ja, nun, es gibt noch mehr."

„Es wird immer mehr geben", warf Simon ein.

„Noch mehr Abtrünnige, die nach zwei Wölfinnen auf der Flucht von Black River fragen?", fragte Tyler.

Simon erstarrte. Er hatte den Blue Moon Saloon die ganze Zeit über für einen sicheren Ort gehalten. Und das war er auch, für ihn und seinen Bruder. Aber für Jess und Janna...

Scheiße. Sie standen nominell unter dem Schutz des Twin Moon Rudels, befanden sich aber weit draußen am Rand des Territoriums. Eine Bande von entschlossenen Abtrünnigen könnte versuchen...

„Das würden sie nicht wagen." Soren richtete sich zu voller Größe auf.

Tyler blinzelte ihn unbeeindruckt von ein paar Zentimetern weiter oben an. „Ich schicke euch heute Abend ein paar Jungs rüber. Sie sollen ein Auge auf die beiden haben."

Simon konnte sich seinen Protest gerade noch verkneifen. Es war nicht Tylers Aufgabe, Jess zu beschützen. Sie gehörte ihm. Und Janna auch. Sein Bär hatte sie fest in seinem eigenen kleinen Clan verankert. Für wen hielt Tyler sich eigentlich?

Er starrte den Alphawolf an, der ihn mit seinem eigenen harten Blick bedachte. Ein Blick, der sagte: *Ich bin der Alpha meines Rudels. Ich beschütze sie bis zum Tod. Was glaubst du, wer du bist?*

Die ganze Wut und der Stolz wichen aus Simon, als hätte jemand einen Stöpsel gezogen. Tyler hatte recht. Simon hatte zugelassen, dass Abtrünnige seinen gesamten Clan töteten. Er hatte niemanden beschützt.

Er war ein Versager. Ein miserabler Versager von einem Bären.

„Also gut", murmelte Soren und akzeptierte widerwillig die Idee, dass Tylers Wölfe ein zusätzliches Auge auf die Kneipe werfen sollten. Tyler hatte den Schmerz in Sorens Stimme vielleicht nicht bemerkt, aber Simon schon. Genug Schmerz, der vermuten ließ, dass Soren Jessica und Janna ebenfalls als Clanmitglieder betrachtete.

Tyler Hawthorne stapfte aus dem Saloon und die beiden Brüder schauten sich an.

„Zurück an die Arbeit", seufzte Soren.

Wenn Simon an diesem Abend also gereizt war, dann war es ganz sicher nicht seine Schuld. Gut, dass das Geschäft nur schleppend lief. Sein Bär war bereit, das erste Arschloch, das vorbeikam, durch die Fensterfront zu schleudern.

Aber er kam nicht dazu. Um zehn Uhr abends verließ die letzte größere Gruppe das Lokal und ließ nur eine Handvoll Kunden zurück, die bis weit nach dem Nachtisch blieben. Ja, Nachtisch, denn Jess hatte vor ein paar Tagen Apfelkuchen und Schwarzwälder Kirschtorte auf die Speisekarte gesetzt. Und jedes Mal, wenn sie ein Stück herausbrachte oder einen schmutzigen Teller wegtrug, warf sie Simon einen siegreichen Blick zu.

Nimm das, Bär, schienen ihre Blicke zu sagen.

Jess war zäh. Zäh genug, um den Angriff der Abtrünnigen irgendwie überlebt zu haben. Zäh genug, um sich zu wehren. Sie hatten oft genug spielerisch miteinander gerungen, dass er wusste, was für eine fähige Kämpferin sie war. Aber ihre Rangeleien hatten immer zu süßem, schweißtreibendem Sex geführt. Es ging nie um Leben und Tod. Und obwohl sie inzwischen besser aussah als der Geist, als der sie angekommen war, wollte er sie trotzdem nicht gegen Schurken kämpfen sehen. Verdammt, er wollte nicht, dass sie sich jemals irgendeiner Art von Bedrohung stellen musste.

Also beobachtete er die Tür mit Argusaugen und stellte sicher, dass jeder Kerl in der Bar wusste, dass sie tabu war. Dass sie ihm gehörte.

Auch wenn es technisch gesehen gar nicht stimmte.

Janna schien derweil so fröhlich und ahnungslos wie immer. Was gut war, nahm er an. Warum sollte er sie beunruhigen? Sollte sie doch mit Cole flirten, dem einsamen Cowboy am anderen Ende der Bar. Janna schien eine Schwäche für seine Art Typ zu haben: verwundet, geheimnisvoll und wie er sie einmal hatte flüstern hören, heißer als heiß. Cole war nicht weit über dreißig, obwohl er trank wie ein alter Mann, der auf ein langes und bitteres Leben zurückschaute. Ein ehemaliger Bullenreiter, hatte einst jemand gesagt. Jung und zäh und vernarbt, äußerlich und innerlich, wie es schien.

Ahnte Cole überhaupt, dass seine Kellnerin sich in eine Wölfin verwandeln konnte?

Cole hob einen Finger als Zeichen für ein weiteres Getränk. „Eins für den Weg.“

Janna schlug ihre Hand in einem Karateschlag auf die Theke. „Mach eine Cola draus.“

Cole stöhnte und Simon ebenfalls. „Du sollst den Kunden geben, was sie wollen.“

„Er will eine Cola“, erwiderte sie. „Stimmt doch, oder?“

Janna schien auf einem Feldzug zu sein, Cole trocken zu kriegen, mit mäßigem Erfolg. Aber der Cowboy war ganz vernarrt in ihr hübsches Lächeln und ihre großen blauen Augen. Wer wäre es nicht?

„Genau, was ich will“, seufzte Cole, obwohl seine Augen strahlten. Vielleicht war ein wenig Aufmerksamkeit von der richtigen Frau alles, was der Typ brauchte. Er war noch zu jung, um so fertig zu sein. „Eine Cola.“

Auch egal. Simon hatte genug eigene Probleme, um über Cole nachzudenken, oder darüber, was Cole bei Janna versuchen könnte. Der Cowboy konnte zwar fies zuschlagen – wie Simon bei einer Schlägerei in der Eröffnungswoche herausgefunden hatte –, aber es war ein Schlag für die Guten. Cole schien in Ordnung zu sein. Und wenn er etwas mit Janna versuchen würde, hätte er gegen ihre Schnelligkeit und ihr Können als Gestaltwandlerin keine Chance. Das Gleiche galt für alle Menschen im Saloon. Es gab keine wirkliche Bedrohung für Janna. Die Abtrünnigen waren die Bedrohung und solche Schurken waren hinterhältige Bastarde, die nicht einfach zur Tür hereinspazieren würden.

Er goss Cola in ein Whiskyglas und schob es zu Cole über die Theke, der es mit einem stummen Toast nach oben hob.

Das Telefon klingelte und Janna kam um die Bar, um den Anruf entgegenzunehmen.

„Blue Moon Saloon. Hier ist Janna. Hallo?"

Und da war er – der Moment, in dem Simon ausgeflippt war und einen ansonsten ruhigen Abend zunichtegemacht hatte. In einer Sekunde fühlte er sich ruhig und beherrscht, wenn auch in höchster Alarmbereitschaft, und in der nächsten…

Janna schrie, weil er ihr das Telefon aus der Hand riss. Tatsächlich hatte er sie geradezu angesprungen, um es zu erreichen. Dann knallte er den Hörer auf und knurrte. Er knurrte so richtig – Janna an! Die süße, freundliche Janna. Janna, die nicht die geringste Ahnung hatte, in welcher Gefahr sie schwebte.

„Bist du verrückt geworden?", zischte er.

Janna stand mit halb offenem Mund da und Simon hatte gerade noch genug Zeit, um zu denken: *Hoppla*, als ihm jemand einen Schlag von der Seite versetzte.

Er wirbelte herum und erwartete Soren, aber es war Jess. Jess mit einer Wut in ihren Augen, wie er sie noch nie gesehen hatte. Jess, die Kriegerin. Jess, die genug hatte.

„Wage es ja nicht." Ihre Augen waren voller Hass. Nicht dieser wischiwaschi *Ich versuche dich zu hassen*-Blick, den sie in den letzten Wochen aufgesetzt hatte, sondern einhundertprozentiger, klarer Hass. Hass aus tiefstem Herzen.

Was bedeutete, dass er es endlich geschafft hatte. Jess hasste ihn, also wäre sie jetzt frei, ihr Leben weiterzuführen.

Wie seltsam, dass er nur Scham empfinden konnte.

Aber Bären zeigten keine Scham. Sie zeigten keine Angst und schon gar nicht vor einer Zukunft, die sie gebrochen und allein verbringen würden. Sie zeigten Wut, Macht und Getöse. Also funkelte er zurück, nur um zu beweisen, was für ein Idiot er war.

„Sei keine Närrin", knurrte er sie an.

Ihre Eckzähne verlängerten sich und purer Wolfsstolz flackerte in ihren Augen auf. „Wage es ja nicht", wiederholte sie und durchbohrte ihn mit einem Blick, an den er sich für den Rest seines Lebens erinnern würde.

Wäre Soren nicht wie aus dem Nichts aufgetaucht, hätte sie sich vielleicht in ihren Wolf verwandelt und ihn auf der Stelle angegriffen. Und Simon wäre dumm genug gewesen, sich ebenfalls zu verwandeln. Gut, dass sein wütender, hundert Kilo schwerer Bruder zwischen ihnen stand. „Hört auf", bellte Soren und nickte mit dem Kinn in Richtung Saloon. „Kunden."

Gott sei Dank hatte niemand bemerkt, dass die niedliche Kellnerin ihre Reißzähne ausgefahren hatte. Oder dass dem Barkeeper überall auf seinen kräftigen Armen Haare wuchsen. Cole hatte nach einem Untersetzer gegriffen, also hatte auch er sie nicht gesehen. Noch nicht.

Soren packte Simon beim Kragen und stieß ihn in Richtung Hinterzimmer. „Raus. Sofort."

Janna eilte auf die Kunden zu und hielt ein paar Speisekarten hoch, um ihnen die Sicht zu versperren. „Kann ich Ihnen noch etwas bringen?"

Simon riss sich von seinem Bruder los, aber er tat, wie ihm geheißen. Er stapfte den Flur hinunter in das unbeleuchtete Hinterzimmer und steuerte auf die Hintertür zu. Er war bereit, sie aufzureißen, in die Berge zu flüchten und seinen inneren Bären eine Weile randalieren zu lassen, nur um alles rauszulassen. Aber bevor er an der Tür ankam, widersetzte sich sein Bär.

Ich bin es nicht, der die Vergangenheit zerschlagen will, protestierte sein Bär. *Ich bin es nicht, der alles vermasselt hat.*

Er schlug mit der Stirn gegen die Wand und keuchte ein oder zwei Minuten lang. Sein Bär war nicht der Versager. Er war es. Er hatte soeben Jess angeknurrt! Seine eigene Gefährtin.

Sein Bär stöhnte klagend auf. *Nicht nachdem, was du ihr angetan hast. Nicht noch mehr.*

Er sackte gegen die Wand und rutschte hoffnungslos nach unten, bis sein Hintern auf dem kalten, harten Fußboden zum Stillstand kam. Plötzlich fühlte er sich ausgelaugt. Als wäre in der Wand ein Ausschalter verdrahtet und das Scheuern daran würde ihm das letzte bisschen Energie rauben, das er noch besaß. Er saß einfach nur da und starrte auf seine Zehen, so wie er es getan hatte, als er nach Hause zurückgekehrt war und nur noch Asche und Knochen vorgefunden hatte.

Verdammt! Was hatte er gerade getan?

Er hatte sich für immer verdammt, das hatte er getan.

Das Licht, das den Flur erhellte, wurde von einer großen Gestalt gedämpft. Soren, der Jessica im Schlepptau hatte.

„Du.“ Soren starrte auf seine erbärmliche Gestalt. Neun Richter des Obersten Gerichtshofes hätten keine ernsthaftere Anklage erheben können, als sein Bruder es mit einem einzigen Wort tat. „Und du.“ Er funkelte Jessica mit einem entschlossenen Nicken quer durch den Raum an. „Hinsetzen.“

Simon starrte auf den Boden, während Jess steif an ihm vorbeiging, sich an die Wand lehnte und die Arme verschränkte.

Simon. Er schaute auf und hörte Soren in seinen Gedanken. Brüder konnten so etwas tun. Auch Clanmitglieder. Ganz zu schweigen von Gefährten, obwohl Jess ihn schon vor langer Zeit aus ihren Gedanken verbannt hatte. „Redet.“

Er wollte nicht reden, verdammt noch mal.

„Du willst Frieden?“, forderte Soren. „Erzähle es ihr.“

Wie sollte er es Jess jemals erklären? Wo sollte er anfangen?

„Ich muss gehen.“ Soren wandte sich der Tür zu. „Sag es ihr.“

Jess schaute ihn mit einem alarmierten Blick an, der sagte: *Moment, was soll er mir sagen?*

Kapitel 9

Jess machte sich bereit. Es war an der Zeit, sich ihrem Bären zu stellen. Also gut. Sie würde ihm genau das geben, was er verdiente. Sie würde ihm endlich die Meinung geigen. Sie hatte sich die Worte zurechtgelegt, Mut gefasst und war zum Angriff bereit.

Sie würde es ihm zeigen, so viel stand fest.

Sie starrte Simon an, aber wie immer begegnete er ihrem Blick nicht. Das tat er nur selten. Nichts, was sie tat, schien je gut genug für ihn zu sein. Sie könnte sich morgens, mittags und abends im Saloon abrackern. Sie könnte den ganzen Laden schrubben – die Toiletten putzen, um Himmels willen – und er würde nie ein Wort darüber verlieren. Niemals würde er sie auch nur mit einem Lächeln belohnen.

Und er besaß die Frechheit, sich mit ihrer Schwester anzulegen! Nun, sie hatte genug von seiner mürrischen, herrschsüchtigen Art. Genug von seinen herablassenden Blicken und angespannten, unglücklichen Lippen. Sie hatte genug von den spöttischen Bemerkungen, von denen sie annahm, dass sie ihm stets auf der Zunge lagen. Sie hatte absolut und definitiv genug.

„Du...", begann sie ihren Angriff, aber er konterte auf höchst unerwartete Weise.

„Gott, Jess... " Sein Murmeln war voll von Schmerz und Niederlage und brachte sie sofort zum Schweigen.

Ein blasser Lichtstrahl fiel durch das staubige Fenster und leuchtete auf tausend tanzende Staubpartikel in dem schummrigen Raum. Jenseits davon im Schatten saß Simon, still und gebrochen. Seine Stimme war nicht wütend. Eher ängstlich. Er schloss die Augen und löschte die beiden glänzenden Punkte darin aus.

Ihr Herz schlug heftig. Sie war bereit für wütend oder fies oder barsch. Aber ängstlich? Sie hatte Simon noch nie ängstlich gesehen.

„Hör' zu", versuchte er und verstummte sofort wieder. Schließlich tätschelte er den Boden neben sich und flüsterte: „Setz' dich." Er schaute mit flehenden Augen zu ihr auf. „Bitte. Setze dich einfach. Hör' zu. Bitte... "

Sie starrte ihn eine Sekunde lang an und trat dann unwillkürlich einen Schritt näher.

Seine Stimme war so leise, so erschöpft, dass sie nicht anders konnte, als zu tun, was er verlangte. Sie wich rückwärts in Richtung Treppe, weil sie ihm nicht ganz vertraute, und ließ sich auf der zweiten Stufe nieder, wobei sie sich einen kleinen Höhenvorteil ihm gegenüber bewahrte. Es brachte ihr einen Hauch von Selbstbewusstsein.

„Hör' zu, Jess... "

Die Art und Weise, wie er ihren Namen aussprach, ließ ihre Zehen kribbeln, auch wenn der Rest von ihr sich Sorgen darübermachte, was als Nächstes kommen würde. Irgendeine schreckliche Enthüllung oder ein dunkles Geheimnis vielleicht.

„Ihr müsst vorsichtig sein, Jess. Sie sind immer noch dort draußen."

Ihre Gedanken rasten und sie versuchte, sich daran zu erinnern, was es außerhalb der vier Wände des Saloons gab. Sie war so sehr mit Simon und der Arbeit beschäftigt gewesen, dass sie an nichts anderes gedacht hatte.

„Sie sind immer noch dort draußen... " Seine Stimme klang heiser und ein Schauer lief ihr über den Rücken. „Niemand darf wissen, dass ihr hier seid. Wenn Janna so ans Telefon geht, setzt sie damit euer Leben aufs Spiel. Wenn sie herausfinden, wo ihr seid... "

Sie brauchte nicht zu fragen, wer *sie* waren. Die Abtrünnigen, die sich Blue Bloods nannten. Diejenigen, die ihre Familie ermordet hatten. Die verrückten Gestaltwandler, die gesungen hatten, als sie dabei zusahen, wie ihr Zuhause verbrannte.

Reinheit! Reinheit! Keine Gestaltwandler dürfen sich mischen! Niemand darf Gestaltwandlerblut verunreinigen!

Es war ein Wunder gewesen, dass sie und Janna entkommen waren. Aber die Abtrünnigen und ihr verrückter Anführer Victor Whyte mussten davon erfahren haben, denn sie hatten die Schwestern seitdem gejagt. Janna und sie waren von einem Ort zum anderen gezogen und hatten sich gefragt, wie das alles jemals enden würde. Der erste Ort, an dem sie sich halbwegs sicher gefühlt hatte, war der Saloon. Die Wölfe des Twin Moon Rudels waren stark – so stark, dass sich ein paar rudellose Wölfinnen hier draußen am Rande ihres Territoriums einigermaßen sicher fühlen konnten. Oder nicht?

Trotz allem klammerte sie sich an den letzten Rest ihres Stolzes. „Kein Grund, meine Schwester anzubrüllen. Und überhaupt, was kümmert es dich schon?"

„Es kümmert mich", bellte Simon. Er erhob seine Stimme nicht, aber die Worte rüttelten sie trotzdem auf. „Es ist mir nicht egal", beharrte er. „Ich würde für dich sterben." Seine Schultern sackten unter einer unerträglichen Last zusammen und seine Stimme schwankte. „Ich hätte alles für dich getan."

Es war die Wahrheit, die ihm die Kehle zuschnürte – seine Augen verrieten es – und sie konnte ihn nur anstarren.

„Aber du hasst mich."

Er schüttelte den Kopf. „Ich hasse dich nicht, Jess."

Aber er tat es doch. Nicht wahr?

„Ich wusste nur nie, wie ich es erklären sollte", sagte er so leise, dass sie es fast nicht gehört hätte.

„Was gibt es denn zu erklären?"

Er lachte bitter. „Alles."

Sie saßen eine Minute lang einfach nur da, während sich eine schwere Stille im Raum ausbreitete. Dann sprach Simon schließlich – leise, kaum merklich verdrängte er die Stille.

„Weißt du noch, was wir uns versprochen haben?"

Wie sollte sie das vergessen haben? „Wir haben uns versprochen, daran zu arbeiten, unsere Familie davon zu überzeugen, dass ein Bündnis eine gute Sache wäre. Ein Blutbündnis..."

An dieser Stelle brach sie ab. Sie hatte ihren Teil getan. Warum hatte er seinen nicht getan?

„Und das haben wir. Wir waren erfolgreich.“

„Allerdings“, sagte sie bitter. Wollte er ihr seine Ablehnung erneut unter die Nase reiben?

Aber Simon fuhr fort und nahm allmählich Fahrt auf: „Der Clan hielt eine Ratssitzung ab, auf der mein Großvater es verkündete. Vor allen anderen...“ Seine Stimme wurde eine ganze Oktave tiefer, als er die kratzige Stimme seines Großvaters imitierte. „Ich habe mit dem Wolfsrudel gesprochen und sie sind einverstanden. Die ältere Macks-Tochter...“

Das war sie. Musste er die Sache so sehr in die Länge ziehen?

„Soll mit einem aus unserem eigenen Clan verlobt werden. Voss-Blut, vermischt mit neuem Blut.“ Simon hielt inne und sprach wieder mit seiner eigenen Stimme. „Voss. Ich! Weißt du eigentlich, wie glücklich ich war?“

Sie erinnerte sich daran, wie glücklich *sie* gewesen war, als ihr Vater das Gleiche verkündet hatte. Und wie verletzt, als Simon ihr die kalte Schulter gezeigt hatte.

„In drei Jahren werden sich unsere Clans vereinen“, fuhr Simon fort und ahmte erneut den Ton seines Großvaters nach. „Um die Verpaarung von Jessica Macks und Soren Voss zu feiern.“

Jessica war so sehr von schlechten Erinnerungen geplagt, dass sie den Schluss verpasst hätte, wenn Simon es nicht in seinem eigenen knurrenden Tonfall wiederholt hätte. „Den verdammten Soren Voss.“

Sie riss ihr Kinn herum. „Soren?“

Er schnitt eine Grimasse. „Soren.“

„Aber... aber...“

„Ja. Das habe ich auch gesagt.“

„Warum hast du dann nichts unternommen?“

„Ich habe alles versucht, Jess. Aber sie waren fest entschlossen. Deine Eltern auch. Ich habe probiert, mit ihnen zu reden, und weißt du, was sie gesagt haben?“

Hatte Simon tatsächlich den Mut gehabt, ihre Eltern daraufhin anzusprechen?

„Sie sagten: ‚Der zweitgeborene Sohn ist nur der zweitbeste‘“, grunzte er. „Und der zweitbeste Sohn wäre nicht gut genug für dich.“

„Aber ich wollte Soren nicht!"

„Und glaube mir, er wollte dich auch nicht." Simon riss die Hände in die Höhe. „Ich meine, nicht auf diese Weise. Er hatte seine eigene Gefährtin bereits gefunden. Er wollte *sie*."

Sie starrte Simon an. „Wen?" Wenn sie sich auf jemand anderen konzentrieren würde, wäre es vielleicht leichter zu verkraften.

„Sarah Boone. Erinnerst du dich an sie?"

Kaum. Soren war ein paar Jahre älter als sie. Sarah ebenfalls. „Sarah, aus dem kleinen Laden in der Stadt?"

Simon nickte.

„Sarah, der Mensch?" Jess starrte mit offenem Mund. „Heilige. . . " Sie hatte immer gedacht, sie und Simon hätten es nicht leicht, ihre Gestaltwandlerspezies davon zu überzeugen, dass sie sich verpaaren durften. Aber Menschen waren völlig tabu. Dann schnappte sie nach Luft. „Sarah ist gestorben. . . "

Simon brachte sie mit einem strengen Blick zur Tür zum Schweigen. „Ich weiß. Er weiß es auch. Die Abtrünnigen haben sie bei lebendigem Leibe verbrannt. Sie haben den ganzen Laden niedergebrannt, genauso wie sie es mit unserem Clan und deinem Rudel getan haben."

Sie. Dieselben bösen Gestalten. Es drehte ihr den Magen um, als sie sich an die schadenfrohen Schreie der Blue Bloods erinnerte, die die Schreie ihrer Rudelkameraden übertönt hatten. Sie erinnerte sich daran, wie sie immer schwächer wurden, als sie Janna packte und rannte und rannte und rannte. . .

Die Schatten bewegten sich leicht und sie schauderte, bis sie erkannte, dass es Simon war, der die Hand ausstreckte. Sollte sie es wagen, nach seiner Hand zu greifen?

Die Scheinwerfer eines vorbeifahrenden Autos ließen den Raum kurz erstrahlen. Dann entfernten sie sich und sie ertappte sich dabei, wie sie ihre Finger mit seinen verschränkte und ihn festhielt.

„Ich war dumm", sagte Simon. „So verdammt dumm. . . "

Ja, das warst du, wollte ein Teil von ihr meckern. Aber jetzt, da sie darüber nachdachte. . .

Die Bären haben deiner Verlobung mit dem Voss-Jungen zugestimmt. Das war alles, was ihr Vater gesagt hatte. Sie hatte natürlich Simon vermutet.

Vielleicht war auch sie dumm gewesen. In all der Zeit, die sie investiert hatte, in all der sorgfältig formulierten Lobbyarbeit bei ihrem Vater über die Vorteile eines Bündnisses, hatte sie Simon nie erwähnt. Sie hatte sich nicht getraut, Simon zu erwähnen, denn es war noch zu früh gewesen, um zuzugeben, dass sie sich liebten. Ihr Rudel war altmodisch und brauchte Zeit, um sich mit der Idee anzufreunden, dass sich ein Wolf mit einem Bären verpaaren könnte. Aber sobald die Ältesten auf die Idee angesprungen waren, hatte sie sich wie ein führerloser Zug in Bewegung gesetzt.

Und wow. Sie hatte die ganze Zeit nichts von der Wahrheit gewusst.

Sein Atem klang rasselnd und sie wollte gerade etwas erwidern, als eine Stimme aus dem Flur dröhnte und sie beide aufblicken ließ.

„Simon?"

Es war Soren. Nicht annähernd so wütend wie zuvor, aber schroff genug, um sie aus ihren Gedanken zu reißen.

Simon drückte ihre Hand und zog daran, bis er sie sich an seine Brust gedrückt hatte.

Sie schloss die Augen. Diese Berührung war ihr Anker. Ihre Hoffnung. Ihre einzige Chance, sich nicht völlig zu verlieren, während sie versuchte, alles zu verarbeiten, was er ihr soeben erzählt hatte.

„Simon", rief Soren erneut.

Simon seufzte schwer. „Ich komme gleich."

Er stemmte sich auf die Füße und reichte ihr eine Hand, um ihr auf die Beine zu helfen. Sie fühlte sich hundert Jahre älter, aber verdammt, immer noch nicht klüger.

„Es gibt noch so viel mehr, was ich sagen muss", flüsterte er.

Sie nickte stumm. Ja, das gab es. Aber was sie gerade gehört hatte, war überwältigend genug. Ein oder zwei Minuten – oder besser noch, eine Woche oder zwei – wären gut, um ihre rasenden Emotionen zu verarbeiten.

„Simon", rief Soren.

Sie blinzelte in den Flur und war noch nicht bereit, Soren gegenüberzutreten. Dem Mann, mit dem ihre Familie sie verheiraten wollte, anstatt mit dem Mann, den sie liebte.

Auf eine verworrene, barbarische Art ergab es Sinn. Sie war das älteste Kind der Macks. Soren war der älteste Voss, derjenige, der eines Tages die Führung des Clans übernehmen würde. Ihre Familien zusammenzubringen, wäre ein Gewinn für beide Seiten gewesen. Aber Herrgott, hatte sich denn niemand die Mühe gemacht, sie zu fragen? Oder es ihr auch nur zu sagen?

Wären ihre Eltern noch am Leben, wäre sie sofort zu ihnen gelaufen und hätte ihnen die Meinung gegeigt. Aber sie waren tot und sie konnte keine Wut mehr aufbringen. Nur Fassungslosigkeit.

Oh Gott, sie konnte sich nicht einmal vorstellen, mit Soren verheiratet zu sein. Sie hatte nie einen anderen als Simon gewollt. Niemals.

Zweitgeborener Sohn, nur der zweitbeste? Ihre Großmutter hatte dies immer gescherzt, als eine Cousine in ein anderes Rudel eingeheiratet hatte. Jess hatte es aber nie mit Simon in Verbindung gebracht. Für sie war er immer der Beste gewesen. Der Einzige.

Simon entfernte sich. Sie bemerkte nicht einmal, dass seine Hand noch immer um ihre geschlungen war, bis sie ihm entglitt. Sie vermisste ihn sofort.

„Ich muss jetzt los", sagte Soren, als Simon sich ihm näherte und sie beide in den Flur bogen.

Sie blieb in den Schatten zurück, noch immer nicht bereit, Soren gegenüberzutreten. Stattdessen machte sie einen Umweg über die Damentoilette. Vielleicht könnte sie sich dort wieder sammeln.

Sie starrte sich im Spiegel an.

Ja, na sicher.

Kapitel 10

Simon beobachtete, wie die Türen des Saloons in den Angeln schwankten, lange nachdem sein Bruder gegangen war, um zu einem spätabendlichen Treffen auf die Twin Moon Ranch zu gehen.

„Schaffst du das hier?", hatte Soren gefragt. „Ich muss jetzt los."

Es war zwar nicht alles in Ordnung, aber ... schaffen würde er es sicher. Er würde die Dinge im Auge behalten.

Harry und die meisten Gäste waren bereits gegangen. Cole wartete auf Janna, die sofort zur ihrer Schwester hinübersprang, als diese aus dem Hinterzimmer zurückkam. Sie blinzelte wie ein Reh im Scheinwerferlicht. Jess saß kerzengerade da, denn sie war zäh und stark, selbst nachdem sie mit einer solchen Enthüllung konfrontiert worden war. Dass ihre Familie bereit gewesen war, sie an den falschen Mann zu verheiraten. Dass sie immer noch von Abtrünnigen gejagt wurde. Es war ein Wunder, dass sie nicht zu Boden sank und sich weigerte, weiterzumachen.

Nicht Jess. Nicht meine Jess, frohlockte sein Bär stolz.

Nein, nicht seine Jess. Aber Gott, es wäre schön, wenn sie nicht so verdammt hart sein müsste.

„Geht es dir gut?", fragte Janna.

Er konnte sehen, wie Jessicas Augen flatterten, bevor sie mit einem knappen „Gut" antwortete.

Er stieß ein kleines Schnaufen aus. Es ging ihr ungefähr genauso gut wie ihm.

„Hör' mal, ich wollte gerne tanzen gehen. Geht das klar für dich?", fragte Janna.

Alarmiert riss Jessica den Kopf zur Tür herum und er konnte ihre Gedanken lesen. *Abtrünnige. Sie kommen. Jagen uns...*

„Ein paar Jungs von der Ranch haben mich eingeladen", sagte Janna. Sie lehnte sich vor und flüsterte den Rest. „Und Cole kommt auch mit."

Simon schaute aus dem vorderen Fenster, wo ein paar Lastwagen geparkt waren. Rancharbeiter scharrten sich darum. Wölfe – große, kräftige Wölfe, abgehärtet von harter Arbeit und der Sonne. Tyler hatte nicht gescherzt, als er gesagt hatte, er würde jemanden schicken, um die Dinge im Auge zu behalten.

Jess schaute zu ihm hinüber und er nickte knapp. Ehrliche Gestaltwandler aus einem ehrlichen Rudel waren nichts, worüber man sich Sorgen machen musste. Genauso wenig wie Cole. Janna wäre sicher.

„Ähm ... klar", sagte Jess. „Viel Spaß."

So wie sie Janna kannte, würde sie jede Menge Spaß haben.

„Nächstes Mal putze ich." Janna ging auf die Tür und Cole zu.

Eine Sekunde später fuhren die Lastwagen draußen davon und Simon und Jess starrten sich lange an, ohne zu wissen, wo sie anfangen sollten.

„Bist du dir sicher, dass ihr nichts zustoßen wird?", fragte Jess.

„Die Jungs werden ein Auge auf Janna behalten", sagte er und fügte im Geiste hinzu, *Und ich werde ein Auge auf dich behalten.*

Sie starrte ihn an, als ob sie seine Gedanken gelesen hätte. Dann schüttelte sie sich ganz leicht und stotterte den nächsten Satz heraus. „Denkst du, dass Cole ein netter Kerl ist?"

Er zuckte mit den Schultern. „Er scheint ein anständiger Typ zu sein. Er hat keine Ahnung von Gestaltwandlern, aber mit dem Rest der Jungs, die in der Nähe sind ..., wird Janna schon zurechtkommen."

„Gut." Jess schaute sich um. „Was ist mit Soren? Wo ist der hin?"

„Er hat ein Treffen auf der Ranch."

Bleiben nur noch du und ich, brummte sein Bär in sich hinein. *Nur du und ich.*

Sie schluckte und ihre Nasenflügel bebten.

Und gerade als Simon dachte, sie würde etwas sagen, um das Gespräch, das sie zu Ende führen mussten, wieder in Gang zu bringen, fing sie an herumzuwirbeln. „Zeit zum Aufräumen."

Und zack, war sie weg und auf dem Weg in die Küche.

„Jess. . . ", versuchte er es, aber sie schüttelte den Kopf.

Er seufzte und schaute zu, wie sie verschwand und schließlich mit Reinigungsmitteln wieder auftauchte.

„Ich muss putzen. . . "

Sie murmelte die Worte wie ein Mantra, also zog er sich zurück. Vielleicht war jetzt nicht der richtige Zeitpunkt, eine verstörte Wölfin zu bedrängen. Selbst er hatte genug Verstand, um das zu wissen. Wenn das Putzen, Nummerieren und Ordnen Jess half, sich unter Kontrolle zu halten, würde er sie gewähren lassen.

Also holte er sich ein Geschirrtuch und fing an, die Bar zu schließen, während er sie aus den Augenwinkeln heraus beobachtete. Sie wischte jeden Tisch zweimal ab. Manche sogar dreimal. Dann rückte sie die Salz- und Pfefferstreuer zurecht, bis sie genau im richtigen Winkel standen. Sie rückte die Tische an ihren Platz, bis sie zufrieden war, und holte sich dann den Mopp.

Er seufzte und fing an, Stühle hochzustellen. Sie blieb wie angewurzelt stehen, als sie zurückkam und dies sah.

Er zog herausfordernd die Augenbrauen hoch. *Ja, ich stelle Stühle für dich hoch. Ja, ich liebe dich. Nein, ich habe nie aufgehört.*

Sie huschte in die Ecke, wo der Billardtisch stand, drehte sich um und ließ das nasse Klatschen des Mopps das Reden übernehmen. *Noch nicht bereit. So was von nicht bereit. Ich hasse dich immer noch. . . , glaube ich.*

Natürlich hasste sie ihn nicht. Aber er hatte sie verletzt, sehr sogar, und sie war noch nicht bereit, ihm zu vergeben.

Er rollte das Metalltor herunter, das die Schwingtüren des Saloons verschloss, verriegelte die Innentür und sicherte alles für die Nacht. Er überprüfte alles zweimal, bevor er zurück hinter die Bar ging, um die letzten Arbeiten zu beenden.

Und so ging es weiter. Sie beide tanzten in der Stille herum, die zwischen ihnen herrschte. Sie waren inzwischen Meister darin, einander auszuweichen. Warum also nicht weitermachen?

Als das Telefon klingelte, zuckten sie beide zusammen und starrten sich an. Schließlich nahm Simon den Hörer ab.

„Hallo?", bellte er.

„Simon?", meldete sich eine Stimme am anderen Ende der Leitung.

Kein Abtrünniger. Eine vertraute Stimme. „Kyle?"

„Hör' mal, kannst du rauskommen und helfen?" Die Dringlichkeit in Kyles Stimme ließ ihn gleich gerader stehen. Kyle Williams, Wolfsgestaltwandler und Polizist in Arizona. Der Insider des Twin Moon Rudels in der örtlichen Strafverfolgung.

„Was ist los?"

Jessica neigte den Kopf und lauschte.

„Hast du die Wölfin bei dir?", fragte Kyle.

Jeder Nerv in seinem Körper war in höchster Alarmbereitschaft. Jess hatte es auch gehört, denn ihre Fingerknöchel um den Stiel des Mopps wurden ganz weiß.

„Simon!", rief Kyle ungeduldig.

„Ja", gab er zu und sah Jess dabei in die Augen. Wenn sie jemandem vertrauen konnten, dann war es Kyle.

„Gut. Bring sie mit. Wir brauchen jede Nase, die wir kriegen können."

Kapitel 11

Jess schlüpfte aus Simons Auto und dachte immer noch über all die Dinge nach, die Simon gesagt hatte.

Bitte. Setze dich. Hör' zu...

Ich wusste nur nie, wie ich es erklären sollte...

Der zweitgeborene Sohn ist nur der zweitbeste...

In welcher Hölle hatte er all diese Jahre gelebt?

Simon deutete auf den hochgewachsenen Polizeibeamten mit dem stacheligen Haar – Kyle Williams, der inmitten einer Handvoll Menschen stand, die sich im Scheinwerferlicht eines Fahrzeugs auf dem Parkplatz des Nationalparks drängten. Doch Jess konzentrierte sich mehr auf Simon und das untypische Herunterhängen seiner Schultern.

Dumm. Ich war so verdammt dumm...

Gott, wie lange machte er sich schon Vorwürfe über das, was er hatte tun müssen?

Sie blieb stehen, schaute auf und schnupperte. Lag da etwa Rauch in der Luft?

Ihre Nasenflügel bebten. Eindeutig Rauch. Aber durch die Brise, die von hinter ihr wehte, war es schwer zu sagen, wie nah das Feuer war oder wie groß.

Sie erschauderte und rieb sich mit den Händen über die Arme.

Simon bemerkte es auch; er hob das Kinn, um in der Luft zu schnuppern. Aber seine Augen waren auf die Gruppe vor ihm gerichtet. „Komm mit. Kyle hätte uns nicht gerufen, wenn es nicht wichtig wäre."

„Ein Bulle?", fragte sie nervös. Es gab gute Polizisten und es gab schlechte. „Warum braucht er uns? Warum braucht er mich?"

Simon legte ihr eine Hand auf die Schulter und verdammt, ihre Wölfin beruhigte sich sofort. Auf der 20-minütigen Fahrt aus der Stadt hatte das Tier nach ihm geschnüffelt und gejault. Als sie aufblickte, verfluchte sie innerlich zum zehnten Mal den dreiviertel Mond dieses Abends. Kein Wunder, dass ihre Wölfin heute Nacht so nah unter der Oberfläche war. Und es würde in den nächsten Tagen nur noch schlimmer werden, wenn der Mond noch voller wurde.

„Er ist einer von uns", flüsterte Simon.

Ein Gestaltwandler? Sie wagte nicht, zu fragen. Das brauchte sie auch nicht, denn als sie nahe genug herangekommen waren, konnte sie den Gestaltwandler an seinem verräterischen Geruch erkennen. Kein Mensch würde ihn je wahrnehmen, aber ein anderer Wolf schon. Kyle war groß, hatte stachlig abstehendes Haar, genau wie Simon gesagt hatte, und seine Stirn war in tiefe Falten gezogen. Er nickte nur stumm zur Begrüßung.

„Das Kind wurde zuletzt vor fünf Stunden auf dem Sunrise Campingplatz gesehen", sagte eine Frau in Uniform.

In Jessicas Kopf schrillten die Alarmglocken. Ein Kind? Vermisst?

In dem Moment hörte sie das Schluchzen von rechts. Eine Frau kauerte an einem Picknicktisch. Sie war von zwei oder drei Personen umgeben, die versuchten, sie zu beruhigen. „Mein Baby! Oh mein Gott! Laurel!" Sie wiegte sich hin und her und weinte in ihre Hände.

Die Polizisten fuhren mit ihrem Bericht fort und wirkten kühl und ruhig. Sie runzelten jedoch die Stirn und ihre Kiefer wirkten angespannt.

Die Beamtin zeichnete einen roten Kreis auf eine Karte, die auf der Motorhaube eines Wagens ausgebreitet lag. „Das bedeutet, dass das Mädchen überall in diesem Radius sein könnte."

„Die Staatspolizei durchsucht diesen Quadranten." Kyle deutete mit der Hand über die Karte. „Und ein paar Freiwillige der Nationalgarde den Bereich dort drüben."

„Oh Gott, oh Gott..." jammerte die Mutter im Hintergrund. Der Klang brach Jessica das Herz.

„Unter keinen Umständen darf irgendjemand nach Norden gehen und sich dem Feuer nähern“, sagte Kyle.

Feuer. Jess blickte auf, als ihr das Blut in den Adern gefror. *Bitte, kein Waldbrand. Nicht heute Nacht.*

Eine Eule heulte aus einer Gruppe von Pappeln, die den Anfang des Weges markierte.

„Ihr sucht die westlichen Hänge ab“, sagte Kyle mit Nachdruck zu den versammelten Freiwilligen. „Die Coconino-, Pine- und Pinyon-Wanderwege. Dreht eine Runde und kommt dann wieder hierher.“

Alle beugten sich vor, um auf die Karte zu starren. Alle außer Kyle, Simon und Jess. Der Gestaltwandlerpolizist schaute sie scharf an und vermittelte ihnen eine klare Botschaft. *Ihr beiden folgt euren Nasen, wohin auch immer sie euch führen.*

Simon schaute auf und seine Nase zuckte. Er blickte nach Norden, in die Richtung des Feuers.

Jess zwang sich, gleichmäßig zu atmen. Es ging hier um ein vermisstes Kind, nicht um sie und Simon oder um ihre eigenen Ängste.

Kyle wandte sich wieder den anderen zu. „Es ist jetzt 23:25 Uhr. Ich will, dass alle in neunzig Minuten zurück sind. Wir wissen nicht, in welche Richtung sich das Feuer ausbreiten wird.“

„Der Handyempfang im Park ist nur spärlich, aber nur für den Fall... “ Die Polizeibeamtin diktierte eine Nummer, während Simon Jess stillschweigend zu der Stelle führte, wo die Mutter saß.

„Ich habe im Zelt nachgesehen und sie war weg“, rief die Mutter. „Ich hätte schon früher nachsehen sollen. Ich hätte nachschauen sollen... “

Jessica richtete ihren Blick direkt auf die Frau, aber Simons Augen waren auf ihren Schoß gerichtet. „Ist das ihr Teddybär?“, fragte er.

Seine Stimme war so rau wie immer, aber auch ein wenig sanft. Sanft genug, dass die Mutter durch ihre Tränen hindurch aufblickte und das Spielzeug hochhielt.

„Ja“, flüsterte sie und brach dann erneut in Schluchzen aus. „Oh Gott... “

Simon griff nach Jessicas Hand und zog sie zum Ausgangspunkt des Sunrise Wanderweges. Er eilte mit langen, schwungvollen Schritten den Pfad hinauf. Jessicas Schritte waren kürzer, aber sie folgte ihm mit ihrem schnellen, effizienten Gang.

„Konntest du die Fährte aufnehmen?", fragte er, als eine Fledermaus über ihre Köpfe hinwegflatterte.

Jess riss eine Hand in die Höhe, als die Fledermaus über sie flog, wurde aber nicht langsamer.

„Ja, ich hab sie."

Die Frau hatte den Teddybären lange genug hochgehalten, dass sie beide daran schnuppern konnten, Gott sei Dank. Und ein Hauch war alles, was sie brauchten. Selbst in menschlicher Gestalt war Jessicas Geruchssinn viel empfindlicher als der eines Menschen. Und Bären hatten die besten Nasen der Welt. Wenn jemand das Kind finden konnte, dann waren es sie beide.

Sie ballte ihre Hände zu Fäusten und stellte sich die Qualen der Mutter vor. Sie dachte an das Kind, das verirrt und verängstigt dort draußen war. Sie mussten das kleine Mädchen finden. Sie mussten es tun!

Blasses Mondlicht sickerte durch die Äste der Bäume und warf Schatten, die sich verschoben und dahinglitten, als sie vorbeigingen.

„Verdammt, warum war diese Familie zelten, wenn es doch ein Feuer gibt?"

Simon drehte sich nicht um. „Das Feuer ist gerade erst ausgebrochen. Das ganze Tal ist zu trocken. Es braucht nur einen Funken, eine Zigarette…"

Es hätte etwas so Harmloses sein können, aber Jess kam nicht umhin, sich ein Dutzend verrückter Abtrünniger vorzustellen, die Öl ins Feuer gossen. Sie hatten ihr Gehöft umkreist, um jedem die Flucht zu versperren. Und in die Nacht gesungen:

Reinheit! Reinheit!

Sie stoppte einen Schauder, bevor er ihr zu weit den Rücken hinunterlaufen konnte. Hier ging es nicht um diese schreckliche Nacht. Hier ging es um ein kleines Mädchen. Und Feuer hin oder her, sie würden das Kind dort herausholen, genauso wie sie Janna aus dem Inferno in Montana gerettet hatte.

Sie schnüffelte beim Gehen und versuchte, den Butterblumen-Babyshampoo-Duft zu erhaschen, den sie an dem Teddybären wahrgenommen hatte. Aber es gab zu viele konkurrierende Düfte auf diesem Teil des Weges. Der Geruch von Wanderern, frisch und verschwitzt, Jung und Alt. Jemand hatte nicht weit vom Weg entfernt einen verfaulten Apfel weggeworfen und ein Reh war vor nicht allzu langer Zeit hier vorbeigekommen. Auch ein Hund war vor ein paar Stunden im Zickzack über den Weg gelaufen. In den Schatten konnte sie nicht viel sehen, aber ihre Nase nahm das alles auf.

Sie ging, so schnell sie konnte, ohne in einen Trab zu verfallen, denn das hätte möglicherweise die Panik in ihr geschürt. Auch Simon schien es zu spüren und hielt sein Tempo im Zaum.

„Geht es dir gut?", murmelte er dreißig Minuten später, als er kurz vor ihr eine Anhöhe erklomm.

„Es geht scho–"

Sie verstummte plötzlich und nahm den Anblick vor sich auf. Vor ihnen fiel ein Tal ab und auf der anderen Seite erhob sich ein mit Kiefern bewachsener Hügel. Dort war alles ruhig, aber dahinter ragte ein höherer Bergkamm auf, der komplett in Flammen stand.

„Oh Gott", flüsterte sie. Der ganze Wald stand in Flammen.

Sie zuckte zusammen, als es im Gebüsch raschelte. Ein Kaninchen schoss vorbei, dann ein Reh. Sie konnte ihre Dringlichkeit und Angst spüren. Sie spürte auch, wie ihre eigene Angst in ihr aufstieg.

„Geht es dir gut?", wiederholte Simon und trat näher.

Gefährte. Konzentriere dich auf unseren Gefährten, sagte ihre Wölfin im Inneren.

Er ist nicht unser Gefährte, wollte sie protestieren, aber sie konnte die Willenskraft nicht aufbringen. Simons Stimme war ihr Anker, ihr Kiel. Ihr Licht.

„Schon gut." Sie nickte.

Er musterte sie einen Moment lang und lief dann ins Tal und näher zum Feuer hinunter. Die Luft wurde dicker, als sie hinabstiegen. Eine dünne Rauchschicht kroch über die Landschaft und füllte bereits den tiefsten Punkt des Tals. Aber die Fährte des kleinen Mädchens wurde immer stärker.

Simon untersuchte den Boden in der Nähe eines verlassenen Zeltes und ging dann wieder bergauf. Sie wandte sich leicht von ihm ab und folgte einer anderen Spur, bis sie sich ein paar Schritte später wieder trafen.

„Sie ist eine Weile im Kreis gelaufen…" Jess starrte auf den Boden.

Simon knurrte und sie beide bewegten sich wieder im Kreis, wobei sie immer schneller gingen.

„Hier!", rief sie und entdeckte schließlich eine Spur, die vom Zeltplatz wegführte.

Simon eilte herbei und sie folgten der Fährte gemeinsam. Jess versuchte, den Geruch des Kindes nicht zu verlieren, aber der frischere Gestank des Rauchs war zu stark und brachte ihre Konzentration durcheinander.

„Ich verliere sie", rief sie frustriert.

„Ich hab sie noch." Simons Stimme war ein schroffer Ton, als wollte er sagen, ich muss mich konzentrieren.

Bärennasen waren schärfer als die eines Spürhundes. Aber konnte er die Spur durch den dichten Rauch verfolgen?

„Stopp!", rief Jess ein paar Minuten später und sie beide hielten absolut still. „Ich habe etwas gehört!"

Ein schwaches, knisterndes Geräusch, als würde ein Mensch durch das Unterholz kriechen.

„Scheiße." Sie senkte den Blick. Es war nur das Geräusch des Feuers, das den Wald verzehrte.

Simon stürzte noch immer vorwärts, blieb dann jedoch plötzlich stehen, zog sein T-Shirt aus und warf es nach ihr. Was zum Teufel machte er denn?

„Ich verliere die Fährte auch." Er entledigte sich außerdem seiner Hose und Unterhose und sie starrte mit großen Augen auf all die Teile von Simon, die sie schon viel zu lange nicht mehr gesehen hatte. Dann bückte er sich mit einem leisen Schnaufen vor.

Er fiel zu Boden und landete auf allen vieren. Sein Rücken krümmte sich und war plötzlich mit Haaren bedeckt. Kurze, dichte Strähnen, die schnell zu Fell wurden und genau die gleiche Farbe wie sein sandbraunes Haar hatten. Sein Hinterteil wurde zu einer breiten Hüfte und als er den Kopf umdrehte…

Jess hielt den Atem an. Ihr Bär. Ihr mächtiger, furchtloser Bär.

„Simon...“

Sein Duft verdrängte alles andere. Alle Sorgen, die Albträume, die Zweifel. Der Duft von Simon, dem Mann, stieg ihr von den Kleidern in ihren Armen in die Nase und der Duft von Simon, dem Bären, wehte ihr aus zwei Schritten Entfernung zu. Der Duft ihrer Vergangenheit.

Gott, sie hatte ihn so sehr geliebt.

Und Gott, sie tat es immer noch.

Er senkte den Kopf und murmelte eine klagende Silbe, bevor er sie anblinzelte.

Ich liebe dich, sagten seine dunklen Augen. Zumindest erschien es ihr so. Und zum ersten Mal war sie versucht, die Barrieren zu durchbrechen, die sie um sich herum aufgebaut hatte. Sie war versucht, seine Gedanken hereinzulassen und im Gegenzug die ihren zu teilen.

Ein Raubvogel schrie und flog über sie hinweg, so dass sie beide ihre Köpfe drehten. Die Flammen züngelten jetzt über den Bergrücken.

„Geh“, flüsterte sie. „Geh.“

Simon schaute sie noch eine Sekunde lang an und blinzelte dann. Er ließ sich in weitem Bogen von seiner Nase leiten, schnaufte einmal und trottete weiter.

Jess blieb einen Moment lang wie angewurzelt stehen, fasziniert von der fließenden Art, in der sich sein Bär bewegte. Dann setzte auch sie sich in Bewegung. Sie legte seine Kleidung auf einen Felsen und lief ihm auf zwei Beinen hinterher. Es hätte keinen Sinn, sich jetzt in ihre Wolfsgestalt zu verwandeln. Simon hatte die Fährte aufgenommen und falls sie das Kind fanden, würde sie diejenige sein, die es sich schnappte.

Nicht falls. Sondern sobald. Sobald wir das Kind finden. Das sagte sie sich immer wieder, während sie ihrem Bären den Hügel hinauf folgte.

Das *wir* war der einzige Teil der Situation, der ihr gefiel. Das und der Teil über *ihren* Bären. Junge, wenn sie es lebendig den Berg hinunterschafften, würden sie eine Menge zu besprechen haben.

Ihre keuchenden Atemzüge wurden zu einem Husten, als der Rauch dichter und das Feuer lauter wurde. Immer höher und höher rannten sie, während Simon nach links und rechts rutschte und einer unsichtbaren Spur folgte. Wie er etwas anderes als das Feuer wahrnehmen konnte, war ihr ein Rätsel. Er rannte weiter, selbst als die Flammen bereits in den Baumwipfeln über ihnen knackten. Er rannte weiter, als die Kiefern ringsherum in Flammen aufgingen. Er rannte weiter und weiter und zuckte kaum zurück, als eine hochaufragende Kiefer ächzte und in einer geradezu unheimlichen Zeitlupe zu Boden stürzte.

„Simon!“ Sie blinzelte durch den Rauch.

Er schaute zurück und grunzte sie an.

Ihr Schrei wurde zu einem Fluch. Auf gar keinen Fall würde sie jetzt umdrehen. Sie sprang über einen brennenden Ast und folgte ihm durch die Bäume, direkt auf eine Feuerwand zu, an der kein vernünftiges Wesen vorbeikommen würde.

Simon rannte an der Feuerlinie entlang und brüllte seine Frustration in die Flammen. Das Feuer neckte und verspottete ihn mit züngelnden Flammen, die heraussprangen und wieder davontanzten. Er eilte nach links; Jess lief hinter ihm her und versuchte es rechts. Sie war bereit, in die Nacht hinauszuschreien. Wo war das Kind?

„Laurel!“, schrie sie.

Das Feuer lachte zurück.

„Laurel!“, versuchte sie es erneut und stürmte den Hang entlang. „Laurel!“

Simon rauschte in die entgegengesetzte Richtung und brüllte in die Nacht hinein.

Jess rannte noch ein paar Schritte weiter, sprang über einen Baumstamm, blieb dann stehen und drehte sich um.

„Laurel!?“, rief sie leise. Eigentlich zu leise, um über die Flammen hinweg gehört zu werden.

Ihre Ohren zuckten beim Geräusch eines Kratzens. Ein Schniefen.

„Laurel!“ Jess rannte um den Baumstamm zurück. „Laurel–“

Sie schaute bergauf und bemerkte die kleinste Bewegung. Etwas Winziges und Leuchtendes. Gelber Stoff. Ein gelber Schlafanzug?

„Simon!" Sie rannte los und wich sofort wieder zurück. Zwei umgestürzte Bäume brannten in einer V-Form, die ihr den Weg abschnitt und eine Barriere bildete.

Und noch eine Bewegung – und ein Wimmern.

Jess stieß gegen das Ende des einen Baumes. Die Äste, die ihr am nächsten waren, waren zwar heiß, brannten jedoch nicht – noch nicht. Aber selbst als sie mit aller Kraft schob, rührte sich der Baum nicht. Sie schrie ihre Frustration in die Nacht. „Simon!"

Der Atem, den sie zum Schreien brauchte, zwang sie dazu, Luft zu holen. Der Niederlage nah kippte sie nach vorn, keuchte und hustete.

Die Erde bebte. Eine riesige borstige Gestalt schoss an ihr vorbei und prallte gegen den Baum.

Sie starrte durch einen Vorhang aus Tränen durch den Rauch. Simon.

Brüllend wuchtete er den Baum über den Boden und sandte dabei knisternde Flammen in die Luft. Er schob ihn den Hang hinauf und aus dem Weg, doch er rollte zurück.

Simon brüllte, stützte sich mit den Beinen ab und stieß erneut zu. Der Baum bewegte sich und rollte näher, aber eine kleine Lücke tat sich auf.

Hol sie raus! Hol sie raus! keuchte Simons Gebrüll.

Jess flitzte durch die Lücke, die Simon gerade noch offenhielt. Eine Feuerlinie kam auf sie zu, aber sie sprang darüber hinweg. Sie stolperte und starrte zu Boden. Ein rundes, rußverschmiertes Gesicht mit großen, flehenden Augen schaute aus einer kleinen Höhle heraus.

„Laurel!"

Jess schnappte sich das Kind und sprang zurück über den brennenden Ast. Sie eilte nach links, dann nach rechts und folgte dem einzigen Stückchen Boden, das noch frei von Flammen war. Dann sprang sie um ihr Leben. Der Baum donnerte zurück und schloss die Lücke hinter ihr mit einem wütenden

Funkenregen. Simon war nirgends zu sehen und ein zweiter Baumstamm fing an, hinter ihr bergabzurollen.

Es blieb keine Zeit zum Nachdenken. Keine Zeit, um nach Simon zu schreien. Sie konnte nur noch um ihr Leben und um das Leben des Kindes laufen. Mit springenden Känguruschritten rannte sie den Abhang hinunter und betete.

Der Wald hinter ihr zischte, als der rollende Baumstamm gegen einen Baum prallte, hängenblieb und einen Funkenhagel in ihre Richtung schoss.

Sie hielt nicht an, um zurückzuschauen. Sie zog nur den Stoff ihres Oberteils hoch, verbarg das Gesicht des kleinen Mädchens darin und rannte weiter. Zwei kleine Händchen klammerten sich an ihren Rücken, zwei dünne Beinchen schlangen sich um ihre Taille, während sie immer weiter rannte und rannte und rannte...

Gott, wo war Simon? Wo war er?

Sie raste durch die Senke des Tals und auf der anderen Seite hinauf, während sie in Gedanken nach Simon rief. Ihre Lunge schrie nach sauberer Luft, während sie bergauf in Richtung Sicherheit stürmte. Als sie den Gipfel erreichte, schaute sie zurück und umarmte das wimmernde Kind.

„Alles wird gut. Alles wird wieder gut." Die Worte waren sowohl für sie selbst als auch für das Kind bestimmt, denn wo war Simon? Gott, wo war er?

Ein Hubschrauber flog über sie hinweg, kreiste und warf einen Vorhang aus Wasser über den Hügel. Überall tanzten Flammen und Schatten. Jeder von ihnen hätte ein Bär oder ein Mensch sein können. Jessicas Augen huschten hin und her. Gott, wo war Simon?

„Mami...", weinte das kleine Mädchen.

Jess drückte sie fester an ihr schmerzendes Herz. „Alles wird wieder gut..."

Einen Moment später riss sie triumphierend die Faust in die Luft. „Simon!"

Dort war er. Er rannte den Hügel hinauf. Splitterfasernackt in Menschengestalt mit seiner Kleidung unter dem Arm.

Jess beugte sich über das kleine Mädchen und ließ ihren eigenen Tränen freien Lauf, bevor sie sich wieder dem Weg zuwandte. Nach ein paar Schritten war sie bereits wieder im Joggingtempo unterwegs, während Simon hinter ihnen herlief.

Sie traute sich nicht, zurückzuschauen. Aber ihr Kopf drehte sich aus eigenem Antrieb und da war er. Er hatte sich zwar seine Jeans angezogen, aber nicht das T-Shirt. Sein Oberkörper war rußverschmiert. Ein schwarzer Fleck verlief quer über seine Wange, wo er sich den Schweiß abgewischt hatte, und sein Haar stand wild ab, als wäre er unter Strom gesetzt worden.

Elektrisiert. Ein bisschen so, wie sie sich fühlte, als sie ihn endlich lebendig sah.

„Alles in Ordnung?", murmelte er, als würden sie einfach nur einen Berg hinunterwandern und nicht um ihr Leben rennen.

Sie lachte und bewegte sich auf schmalem Grat zwischen Kontrolle und Hysterie. Selbst wenn ihr der Tod auf den Fersen war, weigerte sie sich, langsamer zu werden. Sobald sie es tat, so vermutete sie, würde sie einen Nervenzusammenbruch erleiden. Albträume zerrten an ihr, während sie weiterrannte, und versuchten, sie an eine andere Nacht und ein anderes Feuer zu erinnern.

„Mami!"

„Laurel!"

Jess blinzelte, als das Mädchen aus ihren Armen gerissen wurde und Stimmen um sie herum ertönten. Überrascht. Erfreut. Erleichtert.

„Geht es dir gut?"

„Ganz ruhig atmen... "

„Heilige Scheiße... "

Eine Kamera blitzte auf. Gestiefelte Füße eilten vorbei.

„Also gut alle zusammen", rief die Polizistin. „Alle zurück."

Jess krümmte sich und atmete keuchend all die Luft, die sie auf der Strecke den Berg hinunter nicht hatte bekommen können. Hände klopften ihr auf die Schultern, aber sie ignorierte sie alle – alle, bis auf eine. Die eine, von der sie instinktiv wusste, dass es Simons war. An diese Hand klammerte sie sich und wollte nicht mehr loslassen.

Kapitel 12

Simon blinzelte ins Scheinwerferlicht. Der gesamte Parkplatz war wie eine Kommandozentrale beleuchtet. Feuerwehrwagen waren eingetroffen und Leute wuselten hin und her. Einige klopften ihm auf den Rücken, andere drängten ihn aus dem Weg. Er führte Jessica an die Seite des Getümmels und ließ sie nicht aus den Augen.

Sie hatten es geschafft. Wow. Sie hatten es wirklich geschafft.

Er klammerte sich an Jessicas Hand, warf den Kopf zurück und versuchte, jenseits des grellen Lichts die Sterne am Himmel zu erkennen. Als sich seine Sicht anpasste, tauchten die Sterne auf, einer nach dem anderen. In Erwartung eines leisen Tons der Verachtung, der vom Universum kam, zuckte er zusammen. In den letzten sechs Monaten war es stets so gewesen. Wann immer er nach einem Hauch von Akzeptanz gesucht hatte, bekam er nichts als eine kalte Schulter. Aber dieses Mal zwinkerten ihm die Sterne zu und lächelten. Er suchte nach Ursa Major, dem Großen Bären. Dem Sternbild, das seinen Clan immer geleitet hatte. Und verdammt, diese Sterne leuchteten ihm von allen am hellsten entgegen. Sie schienen ihm für den langen, harten Weg, den er zurückgelegt hatte, geradezu auf die Schulter zu klopfen.

Wow, sie hatten es geschafft.

Er hatte es geschafft.

Er beugte sich über Jess und strich ihr mit der Hand über den Rücken, um sie zu beruhigen, so wie sie das Kind beruhigt hatte. *Es wird wieder gut. Alles wird wieder gut.*

Irgendwie würde es das.

Kyle kam auf ihn zu und legte Simon eine Hand auf die Schulter. Er berührte ihn länger, als er musste. „Gute Arbeit, Mann. Gute Arbeit."

Er brachte ein Grinsen zustande und zeigte dann auf Jess.

Der Polizist lächelte breit und lehnte sich näher heran. „Die wahre Heldin, was? Das sind unsere Frauen immer."

Unsere Frauen. Die Frauen des Twin Moon Rudels. Ja, diesen Ruf hatten sie.

Simon richtete sich auf und stellte sich unauffällig zwischen Kyle und Jess. Sie stand vielleicht unter dem Schutz des Twin Moon Rudels, aber in erster Linie gehörte sie zu *seinem* Clan.

Mein, frohlockte sein Bär voller Stolz. *Mein.*

Kyle schaute zwischen ihnen beiden hin und her und wich prompt zurück. „Schon verstanden. Glaube mir, ich verstehe es." Er grinste. Ein breites, glückliches Grinsen, das der Polizist so selten zeigte. „Und jetzt verschwindet von hier und geht nach Hause."

Nach Hause. Simon gefiel, wie das klang. Und das Bild, das ihm dabei in den Sinn kam: nicht die dichten Wälder von Montana, sondern die Wohnung über dem Saloon. Sein Saloon.

Aber es gab zunächst noch dankbare Eltern zu treffen und Fragen der Polizei zu beantworten. Jess meisterte die Situation mit Bravour, obwohl sie schon fast am Ende ihrer Kräfte war. Sie streichelte das kleine Mädchen ganz langsam und beruhigend, so dass es seinem Bären ganz warm ums Herz wurde. Sie warf ihm sogar ein Lächeln zu. *Wir haben es geschafft. Wir haben sie gefunden. Sie ist in Sicherheit.*

Allein durch die Kraft dieses Lächelns schwebte er auf Wolke Sieben.

Als er Jess zurück zum Wagen brachte und losfuhr, fühlte sich sein Bär so ausgeglichen wie schon seit Jahren nicht mehr. Aber Jess... Sie presste die Lippen zusammen und ihre Schultern hingen hinunter. Nun, es war eine höllische Nacht gewesen. Ein höllischer Morgen, wenn man bedachte, dass es bereits fast zwei Uhr morgens war.

Sie griff nach seiner Hand und hielt sich die meiste Zeit der Fahrt daran fest. Jedes Mal, wenn er einen anderen Gang einlegte, ließ sie kurz los, nur um sich danach wieder an ihn zu klammern. Als wäre er ein Trost für sie. Als würde sie sich bei ihm sicher fühlen. Sein Bär hatte vor lauter Freude gesummt. Er hätte bis nach Mexiko fahren können, wenn sie so weitergemacht hätte.

Aber als sie in Sichtweite des Saloons kamen, ließ Jess abrupt los. Kaum waren sie auf den Parkplatz hinter dem Haus gefahren, sprang sie auch schon aus dem Wagen. Sie knallte die Tür hinter sich zu, stürmte in das Gebäude und rannte die Treppe hinauf.

Simon blieb noch eine ganze Weile auf dem Fahrersitz sitzen und fragte sich, was zum Teufel los war. Machte sie sich Sorgen, dass ihre Schwester sie zusammen sehen könnte? Dass Soren zurück war?

Aber die Lichter waren alle aus. Alle anderen waren noch nicht wieder da. Er starrte eine Weile in die Dunkelheit. Vielleicht lag es an ihm. Vielleicht hatte er es schon wieder vermasselt.

In seinem Inneren forderte sein Bär: *Gefährtin finden. Jetzt sofort!*

Er stieg aus dem Wagen und schloss die Tür langsam, damit das Zuschlagen Jess nicht erschrecken würde. Er ging die Treppe zur Wohnung so leise wie möglich hinauf, obwohl es auf den knarrenden Stufen wenig Sinn machte. Als er den Flur zu seinem Zimmer hinunterging, blieb er neben der Topfpflanze in der Ecke stehen. Es war eine von mehreren Pflanzen, die Jess und Janna in der Wohnung aufgestellt hatten. Er schnupperte. Lauschte. Spürte.

Zuhause, brummte sein Bär. *Zuhause.*

Er hielt inne, um es zu verarbeiten. In den letzten Wochen hatte er sich nicht oft umgesehen, wenn er nach oben ging und sich ins Bett gelegt hatte. Aber jetzt fielen ihm Dinge auf. Die Pflanze zum Beispiel. Eine große, buschige Topfpflanze, die fast so groß wie er selbst war. Der geflochtene Teppich auf dem Boden. Seit wann lag der da?

Zuhause. Sein Bär nickte zufrieden. *Zuhause.*

In der hinteren Ecke stand noch eine Pflanze und brachte einen Hauch von Natur in den Raum. Vielleicht war es das, was seinen Bären beruhigte.

Aber er war noch nicht ganz beruhigt, denn er musste nach seiner Gefährtin sehen. Er schlich auf Zehenspitzen zu der Ecke, wo der Flur im Neunziggradwinkel in die Richtung von Jessicas Zimmer bog. Eine Ecke, um die er in seinen Träumen schon tausend Mal gegangen war, aber noch nie im wirklichen Leben.

Sie braucht uns. Beeile dich, drängte sein Bär.

Er ging ein wenig schneller. Brauchte sie ihn wirklich? Wollte sie ihn wirklich?

Ja. Ihr Duft, der noch im Flur verweilte, sagte, *Ja.*

An der nächsten Ecke hielt er inne und zögerte an der Grenze zu ihrem verbotenen Reich. Aber als er Jess nicht weit entfernt vor sich schniefen hörte, wäre er den Rest des Weges beinahe gerannt. Er musste eine Hand ausstrecken, um sich an der Tür abzubremsen, damit er nicht einfach hereinplatzte.

„Jess?“

Sie stand am Fenster und schaute auf die Hügel hinaus. Sie zitterte. Ihre Finger hatte sie nervös verknotet und drehte sie in die eine und die andere Richtung.

„Jess, geht es dir gut?“

„Schon gut“, murmelte sie.

Nicht gut, entschied sein Bär. *Überhaupt nicht gut.*

Er schlich sich mit einem vorsichtigen Schritt nach dem anderen langsam ins Zimmer. Als Jess nicht protestierte, ging er zu ihr und legte ihr einen Arm um die Schultern. Sie war genauso dreckig und verrußt wie er, aber wen interessierte das schon? Er schlang den anderen Arm um ihre Vorderseite und wartete darauf, dass sie protestierte.

Sie lehnte sich leicht in seine Richtung und sackte dann in seinen Armen zusammen. Er umarmte sie fest.

„Es ist okay“, flüsterte er, als ihre Tränen sein Hemd durchnässten. „Es ist okay.“ Sein Herz zersprang vor widersprüchlichen Gefühlen. Freude, weil er sie wieder berühren konnte. Sorge, den Kummer seiner Gefährtin zu sehen.

„Es war genauso“, murmelte sie wieder und wieder.

Genau wie was?

„Genau wie in jener Nacht…“

Zum ersten Mal seit Jahren wagte er es, mit seinen Gedanken nach den ihren zu tasten. Früher waren sie in der Lage gewesen, sich gegenseitig Gedanken zu senden, aber dann hatten sie beide Mauern gebaut. Heute Nacht jedoch... vielleicht...

Er suchte in Gedanken nach ihr und zuckte zusammen bei dem, was er sah. Ein nächtlicher Wald, der in Flammen stand.

„Es war genauso...", flüsterte sie.

Er hörte Schreie. Heulen. Einige aus Qual, andere vor Freude.

Jess presste sich die Hände auf die Ohren, als sie die Geräusche wiedererlebte. „Stopp. Stopp. Lauf weg."

Sie meinte nicht ihn. Sie meinte die schattenhaften Gestalten, die Diesel ins Feuer kippten und sich daran erfreuten, dass die Flammen immer höher züngelten. Sie meinte Janna, deren Hand in Jessicas Hand zitterte, zumindest in ihrer Erinnerung.

„Jess. Es ist okay." Er drückte sie gerade fest genug, um diese schreckliche Nacht zu vertreiben.

„Es war genauso. Janna und ich, wir rannten durch den Wald. Wir haben uns gefragt, wer dort draußen war. Wir versuchten, zu entkommen... "

Sie zitterte und stammelete ein wenig und ihre Wölfin heulte innerlich auf. Alles, was er in Black River versäumt hatte, hatte sie durchleiden müssen.

„Alles meine Schuld...", murmelte sie.

Er löste sich und packte sie bei den Schultern. „Es war nicht deine Schuld, Jess. Wieso sollte es denn deine Schuld sein?"

„Alle sind gestorben. Alle, außer Janna und mir."

Er schüttelte vehement den Kopf. „Das waren die Abtrünnigen, nicht du."

„Es ist meine Schuld, denn ich habe mein Rudel gedrängt, sich eurem Clan zu nähern. Ich habe auf dem Bündnis durch unsere Verpaarung bestanden." Tränen sickerten durch sein T-Shirt und sie klammerte sich fester an ihn.

„Nein. Hör' auf... Nein." Diesen Gedanken hatte er sich selbst auch schon hingegeben, aber es stimmte nicht. Er mochte viele Dinge vermasselt haben, aber nicht das. Nicht, Jess zu lieben. „Das waren die Abtrünnigen. Die Schurken haben deine Familie getötet."

„Und sie haben es mir zu verdanken."

Er schüttelte sie leicht. „Liebe, Jess. Es war Liebe. Wie kann das etwas Schlechtes sein?" Sie starrte ihn mit zitternden Lippen an.

Sein Herz klopfte. Das Blut rauschte in seinen Adern. *Sag es! Sag es noch einmal!*

„Ich habe dich geliebt. Ich liebe dich immer noch. Und nichts – rein gar nichts – wird das jemals zu einem Fehler machen."

Sie starrte ihn an, wahrscheinlich, weil er fast brüllte, aber er konnte nicht anders. Er konnte die Verantwortung für vielerlei Mist, den er gebaut hatte, übernehmen. Auch dafür, dass er sie verletzt hatte. Aber er würde niemals bereuen, sie geliebt zu haben. Nicht für einen Augenblick.

„Unsere Liebe hat niemanden umgebracht", beharrte er. „Das waren die Abtrünnigen. Verwechsle es nicht, Jess. Tu es nicht."

Sie umklammerte seine Schultern und schaute ihn mit tränenverschleierten Augen an. „Aber was jetzt? Alles ist so durcheinander."

Woher seine Antwort kam, konnte er nicht sagen. Vielleicht aus einer Quelle der Weisheit, von der er nicht einmal wusste, dass er sie besaß. Von all den Geistern seiner Vergangenheit? „Das muss es nicht sein."

Sie schaute ihn fragend an, also fuhr er fort.

„Das Schicksal wollte uns zusammen sehen. Wir haben jetzt unsere Chance. Wir können sie ergreifen." Die Worte sprudelten nur so aus ihm heraus. Aus seinem Herzen und seiner Seele.

„Das Schicksal...", wiederholte sie unsicher.

„Schicksal." Er nickte. „Wie bist du überhaupt hierhergekommen? Nach Arizona, meine ich?"

„Ich weiß es nicht. Ich bin einfach... Ich wollte einfach... "

Er wusste genau, was sie meinte. Diese Anziehungskraft, dieser innere Kompass, der sagte: *Komm her. Hier musst du herkommen.*

„Du bist deinem Instinkt gefolgt, nicht wahr?"

Sie nickte. „Janna und ich sind getrampt und es fühlte sich an, wie... " Sie winkte vage ab.

„Wie dieses Kinderspiel, bei dem man *heiß* und *kalt* sagt. Es wird wärmer, wärmer... Nicht wahr?"

„Ja. Es fühlte sich einfach richtig an. Aber dann hatten wir das Gefühl, zu weit gefahren zu sein, also haben wir den Fahrer gebeten, uns abzusetzen."

„Wo?" Er hielt den Atem an. „Wo?"

Sie starrte ihn an. „Hier. Nicht einmal einen Block von hier entfernt. Wir haben uns nach Jobs umgehört. Einer der Ranchmitarbeiter hat uns am Geruch erkannt und zu Tina gebracht..." Er nickte ihr zu.

„Und sie nahm uns mit auf die Ranch. Sie hat uns sogar angeboten, dort zu wohnen, aber..."

„Aber?" Es fühlte sich an, als hinge seine gesamte Zukunft von diesem Wort ab.

„Aber es hat sich nicht richtig *angefühlt*. Also haben wir sie nach etwas anderem gefragt..."

Ein langer erleichterter Atemzug entwich ihm. Er und Soren hatten fast genau das Gleiche getan.

„Sie hat mich zu dir gebracht", flüsterte Jess.

„Das Schicksal hat dich hierhergebracht", sagte er und war sich endlich einer Sache sicher. „Das Schicksal hat uns wieder zusammengeführt."

Er zog sie in eine weitere Umarmung und hielt sie fest, weil er es endlich verstand. All die Zweifel, der Schmerz, die Hoffnungslosigkeit – sie waren nicht umsonst gewesen. Es hatte sich gelohnt, denn es hatte ihm seine Gefährtin zurückgebracht.

„Weißt du, was Soren und ich getan haben?" Jetzt war er derjenige, der stammelete, aber was machte das schon. „Wir haben jeden Abtrünnigen gejagt, den wir finden konnten, bis auf den letzten. Und dann waren wir fertig. Ausgelaugt. Erledigt. Ich habe mich noch nie in meinem Leben so leer gefühlt. Wir haben uns eine Höhle gegraben und sind hineingekrochen..." Er verstummte, schluckte bei dem Gedanken und zwang sich dann, fortzufahren. Jess hatte ihren Teil gesagt, jetzt würde er seine Geschichte teilen. „Wir sind hineingekrochen, um zu sterben, weil wir dachten, dass unsere Gefährtinnen tot sind. Eine Woche lagen wir da und haben darauf gewartet..."

Sie strich mit ihren Händen über seinen Rücken. „Nein! Simon! Nein."

Er schüttelte den Kopf. „Aber es hat nicht funktioniert. Mein Bär wollte nicht loslassen. Und ich dachte, ich wäre deswegen sogar ein noch größerer Versager."

„Was?" Sie wich zurück. „Wie konntest du das denken?"

„Ich habe nicht nur meinen Clan im Stich gelassen, ich konnte noch nicht einmal sterben, wenn ich es einfach hätte tun sollen. So wie es in den alten Geschichten steht. Dass, wenn ein Gefährte stirbt... "

„Der andere folgt", beendete sie den Satz. „Sie geben das Leben auf, um ihren Gefährten zu folgen."

Er nickte. „Und ich konnte noch nicht einmal das tun. Aber es war nicht so, dass... " Gott, er verstand es jetzt. „Mein Bär wollte nicht loslassen, weil du noch am Leben warst. Du warst immer noch dort draußen."

„Auf der Suche nach dir", sagte sie.

Jetzt war er an der Reihe, sie anzustarren. „Auf der Suche nach mir?"

Sie wischte sich die Tränen von den Augen und stellte sich ein wenig aufrechter hin. „Ich habe nach etwas gesucht. Ich wusste nicht, wonach. Aber du warst es. Ich habe nach dir gesucht."

„Du... " Sogar sein Bär zitterte innerlich. *Du hast nach mir gesucht?*

„Ich liebe dich", flüsterte sie einmal und sagte es dann lauter. „Ich liebe dich. Sogar als du mich nicht geliebt hast... "

Er zuckte zusammen. „Ich habe dich immer geliebt. Der Rest tut mir so, so leid."

Sag es noch einmal, du Idiot, verlangte sein Bär. *Sag beides noch tausend Mal.*

Er versuchte es, aber er konnte es nicht, weil ihre Augen aufblitzten und sie ihre Hände in sein T-Shirt krallte.

„Es tut mir l–", fing er an, aber er konnte nicht zu Ende sprechen, weil sie ihre Lippen zu einem Kuss auf seinen Mund drückte. Ein Kuss, der ihm den Atem raubte, so gut fühlte er sich an.

„Vielleicht ist es an der Zeit, dass wir beide aufhören, es zu bedauern", sagte Jess, als sie nach Luft schnappte. „Vielleicht ist es an der Zeit, dass wir uns erlauben, einfach zu leben."

Er versuchte, etwas zu sagen, auch wenn er keine Ahnung hatte, was das sein könnte. Aber das war auch egal, denn sie küsste ihn schon wieder. Und wieder und wieder, was ein ganz anderes Feuer in ihm entfachte.

Kapitel 13

Jess schloss die Augen und konzentrierte sich ganz auf den Kuss. So wie sie es im Wald getan hatte, als sie alles ausgeblendet hatte, um nur ihrer Nase zu folgen. Nur dass sie dieses Mal ihrer Seele folgte und ihre Seele führte sie zu ihm.

Zu Simon. Ihrem Simon. Ihrem Bären.

Vielleicht hatte es daran gelegen, ihn in Bärengestalt zu sehen. Vielleicht war es die Tatsache, dass sie ihre Wölfin so lange weggesperrt hatte. Sie wusste nicht, was es war – nur, dass sie ihn brauchte. Ihn begehrte. Ihn liebte.

Zwischen zwei Küssen holte sie tief Luft und sagte es laut. „Ich brauche dich. Ich will dich. Ich liebe dich.“

Simons Lippen zitterten. Er sprach nicht, aber seine Gedanken schossen ihr direkt in den Kopf. *Ich liebe dich.* Er streichelte ihr Gesicht und schaute ihr in die Augen. *Ich habe nie aufgehört. Das werde ich niemals tun.*

Er lehnte sich vor und drückte sie mit dem Rücken gegen die Wand. Simon neigte seinen Kopf und presste seine Lippen auf die ihren, wie nur er es konnte. Seine Lippen waren am Rand trocken und innen so weich – wie der kristallisierte Honig am Rand eines Honigglases und die bernsteinfarbene Flüssigkeit darin. Auch seine Zunge bewegte sich wie Honig, langsam und gleichmäßig und süß, während er mit seinen Fingern durch ihr Haar fuhr.

Als er sich von ihr löste, tat er es mit einer Sicherheit und Gelassenheit, die sie nicht mehr gesehen hatte, seit sie zum ersten Mal einen Fuß in den Saloon gesetzt hatte. Und sie spürte es auch. Sicher. Gelassen.

Sein linker Mundwinkel zuckte. Er schlang seine Hände um ihre Taille, während sein Blick auf ihre Lippen fiel. Sie schlang ihre Arme um seinen Hals und zog ihn an sich. Auch sie holte tief Luft, denn sie wusste, dass sie sie für diesen Kuss brauchen würde.

Einen Augenblick später hatte er sie bereits fest an die Wand gedrückt. Hart an seinen Körper. In jeder Hinsicht hart, bis auf die Lippen, die sich langsam und sanft bewegten. Aber als sie wimmerte und ihr Bein um das seine schlang, wurden seine Küsse heißer, tiefer und bedürftiger.

Er strich mit der Zunge über ihre Mundwinkel. Mit den Fingern griff er in ihr Haar und neigte ihren Kopf nach rechts. Sein Herz schlug heftig gegen ihres und die ganze Zeit über sang sein Bär in ihren Gedanken.

Alles meins, schnaufte der Bär. *Du gehörst mir.*

Sie wimmerte nach mehr und stand völlig in Flammen. Sie dachte an nichts anderes als an die feste Muskelmasse unter ihren Händen.

Sicher, brummte sein Bär zu ihrer Wölfin. *Ich werde dich immer beschützen.*

Wäre sie in ihrer Tiergestalt gewesen, hätte sie mit dem Schwanz geschnippt und ihm das Gesicht abgeleckt. Es war so lange her. Sechs Monate auf der Flucht. Drei Jahre, in denen sie ihn vermisst hatte. Eine Lebenszeit des Sehnens.

„Simon…" Sie zerrte an seinem T-Shirt – an seinem staubigen, rußverschmierten T-Shirt – und zog es ihm über die breite Brust und die kräftigen Schultern hinunter. Dann hielt sie inne, so dass seine Hände gefangen waren. Sie streichelte mit ihren Daumen über seine Wangen.

„Was machst du da, Wölfin?", flüsterte er.

„Ich berühre dich." Sie umkreiste seine Ohren und strich über seinen Nasenrücken. Vielleicht um ihn zu testen? Würde sein Bär ihr vertrauen, wenn sie ihn auf diese Weise umgarnte?

Er verzog den Mund zu einem nachsichtigen Lächeln. „Dann berühre mich. Nimm. Kitzle mich, was auch immer du willst."

Sie grinste ein wenig und stellte sich vor, wie das Kitzeln ablaufen könnte. Er könnte sie innerhalb von zwei Sekunden mit ihrem eigenen T-Shirt fesseln, wenn sie es versuchte. Das klang gar nicht so schlecht, aber ihre Lippen gierten nach einem weiteren Kuss.

Mehr, bettelte ihre Wölfin. *Mehr.*

Sie zog ihm das T-Shirt aus und warf es zur Seite.

Simon blinzelte wie ein Bär, der aus seiner Höhle in den Sonnenschein trat, und seine Augen sagten, dass *sie* sein Sonnenschein war.

„Jetzt du." Er zog am Saum ihres Oberteils.

Ihr von Asche bedecktes, verrauchtes Oberteil. In dem Moment, in dem sie sich dessen bewusst wurde, wollte sie es loswerden. Aber Simon legte seine Hände über ihre und zwang sie, es langsam auszuziehen. Er strich mit seinen Händen über jeden Zentimeter ihrer Kurven, während seine Augen immer heller strahlten.

Mein, sang sein Bär in ihren Gedanken. *Alles meins.*

Er markierte sie. Nahm sie in Besitz. Brandmarkte sie mit seiner Berührung.

Sie atmete ein und streckte ihm ihre Brust entgegen.

Ihr Oberteil flatterte über ihren Kopf und gesellte sich zu seinem, das irgendwo auf der anderen Seite des Raumes lag. Fast wie in einem anderen Universum. Er reizte sie nicht damit, wie sie es mit ihm getan hatte, aber in dem Moment, als sein Blick auf ihren BH fiel, wusste sie, dass er sich gleich rächen würde.

„Hübsch." Seine Stimme klang heiser, als er mit einem Finger über den Rand der schwarzen Spitze fuhr.

„Gefällt er dir?" Sie lockte ihn näher heran.

Er strich mit den Daumen über die Unterseite. „Er gefällt mir."

Er griff nach hinten herum und sie dachte, er würde sie endlich davon befreien. Aber er knurrte nur leise und umkreiste weiter die Ränder, um sie zu quälen.

„Er gefällt mir."

„Dann berühre mich. Nimm mich, verdammt noch mal. Kitzle mich, wenn du willst." Die Hitze in ihrem Körper strömte in ihre Mitte und ihre Wölfin bettelte um mehr.

Seine Finger zuckten auf ihrer Haut und er brummte. „Bald. Sehr bald."

Er schmiegte sich erst an ihr Kinn und dann an ihren Hals, während er mit den Daumen seine langsamen, gleichmäßigen Streicheleinheiten fortsetzte. Er schob seine Finger über die Körbchen ihres BHs und neckte sie mehr, als dass er sie kitzelte. Dann strich er über die Seide und berührte ihre Brustwarzen.

Sie krümmte sich seiner Berührung entgegen. „Simon, bitte..."

Der Kuss, den er auf ihr Schlüsselbein drückte, wurde zu einem Knabbern und dann zu einem Saugen. Ein Ablenkungsmanöver, wie sich herausstellte, denn eine Sekunde später hatte er den BH-Träger von ihrer Schulter gezogen. Das rechte Körbchen hing hinunter.

„Sieh an, sieh an", knurrte er. „Was hat meine perfekte Wölfin denn da?" Mit den Lippen folgte er seinem Blick zum weichen Fleisch ihrer Brust.

Meine Wölfin. Vor einer Woche hätte sie ihm dafür noch den Kopf abgerissen. Jetzt brachte es ihre Seele zum Singen.

Mein Bär! Mein Mann! Mein Gefährte!

Sie schaute ihm zu, wie er tiefer und tiefer wanderte. Starke Finger erkundeten die Innenseite ihres BH-Körbchens.

„Du sollst mich anfassen, nicht den BH."

„Ah, aber ich mag diesen BH. Ich mag..., wie er sich anfühlt..." Als er die letzten Worte sprach, drehte er seine Finger um und ließ sie über ihre Haut gleiten.

Sie atmete scharf ein und versuchte, ihre lüsterne Wölfin unter Kontrolle zu halten.

„Dann berühre mich weiter."

Als ihre Knie schwankten, ließ er sie auf die Matratze sinken. So sanft und nahtlos, dass sie es kaum bemerkte, bis sie flach auf dem Rücken lag und hineinsank.

„Okay?", flüsterte er.

„Perfekt. Wunderschön", murmelte sie und zog seinen Kopf zu sich.

Der BH-Träger hing in ihrem Ellbogen und er klappte das Körbchen hinunter. Er griff leicht nach ihrer Brust und spielte mit ihr. Zuerst neckte er ihre Brustwarze, bis sie zu einem harten Knöpfchen wurde, dann strich er sie glatt und fing wieder von vorn an. „Perfekt. Wunderschön..."

In einem langen, heißen Zug rutschte er mit dem Kinn über ihre Haut und küsste sie. Leckte sie. Rieb seine Bartstoppeln an ihr und beruhigte die Haut dann mit seiner Zunge, bis sie komplett und völlig in Flammen stand.

„Ja...“, stöhnte sie.

Seine Lippen waren fest auf ihrem Körper – fast schmerzhaft –, aber selbst das schien nicht genug zu sein.

Sie war sich kaum bewusst, dass er den Knopf ihrer Jeans geöffnet und sie nach unten gezogen hatte. Er streifte die Hose und ihr Höschen über ihre Füße hinunter und sie nahm nur vage war, dass sie bis auf den BH nackt war.

Nun, bis er anfing, sie mit den Fingern zu erforschen.

Er kniete über ihr und saugte an ihrer Brustwarze. Er wirbelte, zwickte und rieb die Haut ihrer rechten Seite. Die linke Brust berührte er durch die Seide des BHs. Mit seiner starken Hand glitt er an ihren Beinen hinauf, dann wieder hinunter und stupste sie schließlich auseinander. Auf und ab, in einer langen Bewegung von ihrem Knie bis zu ihrer Hüfte. Dann über die Kurve ihres Oberschenkels und schließlich dazwischen.

„Simon...“, murmelte sie, als er ihre Schamlippen nachzeichnete.

Er spreizte seine Handfläche über ihr, zu breit, um in sie einzudringen, und ließ sie auf ihrer Weiblichkeit tanzen. Er neckte sie, erregte sie, auch ohne sie direkt zu berühren. Bis er schließlich, endlich, einen Finger krümmte und in sie eindrang.

„Ja...“ Sie bäumte sich auf dem Bett auf.

Zwei Finger. Immer noch nicht genug. Sie krümmte sich unter seiner Hand, während ihr die Sicht verschwamm.

„Mehr...“

„Jess...“

Niemand konnte ihren Namen so aussprechen, wie er es tat. Niemand konnte ihr Herz so zum Klingen bringen wie dieser Mann.

Sie bewegte sich schneller. „Ja...“

Drei Finger.

„Mehr...“

Er kreiste. Drang tiefer ein. Bewegte sich in ihr.

Sie war kurz davor, den Verstand zu verlieren. Sie wollte es unbedingt. Aber es war nicht genug. Nichts würde genug sein, bis sie das einzig Wahre spürte.

Sie fummelte an seiner Jeans. „Ich brauche es. Ich meine... Ich meine... "

Seine Mundwinkel zuckten und seine Augen funkelten. Ihr Bär sehnte sich auch nach mehr.

„Ich brauche es auch." Seine Stimme wurde heiser. „Ich brauche dich."

Sie drückte ihre Hand auf die Vorderseite seiner Jeans und rieb. Einen Moment später erhob sie sich auf die Knie, um mit beiden Händen nach dem hartnäckigen Reißverschluss zu greifen.

„Verdammt", murmelte sie. „Vielleicht muss ich das mit den Zähnen machen."

Lust flackerte in seinen Augen auf. „Ich hätte nichts dagegen."

Sie lächelte und ließ dabei ihre Zähne aufblitzen. Ihre Eckzähne verlängerten sich etwas. „Wolfszähne?"

„Vielleicht nicht", scherzte er. Dann holte er Luft und sie erstarrte, als sie seine Gedanken las.

Ein Biss. *Ihr* Biss. Der Paarungsbiss. Sie waren schon ein paarmal kurz davor gewesen, damals vor langer Zeit. Manchmal hatten sie ihre Tiere kaum zurückhalten können. Sie leckte sich mit der Zunge über ihre Lippen und beobachtete den Pulsschlag an seinem Hals. *Genau dort. Genau dort...*

Er streichelte mit dem Daumen über die Vertiefung an ihrem Hals und sie wusste, dass er das Gleiche dachte. *Genau hier...*

Verpaarte Gestaltwandler bezeichneten den Austausch von Paarungsbissen als den größten Rausch ihres Lebens und Jess konnte es sich gut vorstellen. Ihr Instinkt sagte ihr, wie es vonstattengehen würde. Sie würde ihre Zähne ausfahren und vorsichtig und langsam in seine Haut eindringen. Sie würde sich festhalten und ihn schmecken und dann mit der Zunge über die Wunde streichen, bis sie sich schloss. All das würde geschehen, während er beim Höhepunkt ihres Sexes in ihr vergraben war, und schließlich würden sie in ihr neues Leben als verpaarte Schicksalsgefährten taumeln. Sie würde nie wieder verloren oder einsam sein.

So nah... schien das Mondlicht zu flüstern, als es in den Raum strömte.

So nah... Simon öffnete leicht die Lippen, als er sich auf ihren Hals konzentrierte.

So einfach... Ihre Wölfin nickte zustimmend.

Sie lehnte sich näher und Simon hielt den Atem an. Er überließ es ihr. Der Höhepunkt ihres Lebens war zum Greifen nah...

Jedes Atom in ihrem Körper wollte es. Flehte darum. Aber ihr Kopf...

„Zu früh", flüsterte sie und schüttelte den Zauber des Mondes ab.

Simons Nasenflügel bebten und dann schüttelte auch er den Kopf. „Zu früh." Das letzte Mal, als sie dem Paarungsbiss so nahegekommen waren, hatten sie beschlossen, den exakt richtigen Zeitpunkt abzuwarten.

„Noch nicht", flüsterte sie und entlockte ihm ein Grinsen. „Noch nicht."

„Aber das... " Sie zog eine Augenbraue hoch und griff nach seiner Jeans. „Das kann nicht warten."

Er lachte und schaute zu, wie sie den Knopf öffnete und den Reißverschluss hinunterzog. Er beobachtete, wie sie eine Hand hineinschob, um ihn zu berühren. Dann schloss er die Augen.

„Perfekt", murmelte er.

Perfekt, genau wie sie es in Erinnerung hatte. Das harte, heiße Gefühl von ihm in ihrer Hand. Das Kribbeln in der Luft, das sie beide erregte. Das Bedürfnis, das tief in ihr pulsierte.

Es dauerte eine Ewigkeit, bis sie ihm die Jeans ausgezogen hatte, aber was hatte sie erwartet, wenn sie einen Bären auszog? Seine Oberschenkel wölbten sich vor Muskeln und sein Hintern war hart und rund. Als er sich aufsetzte, um ihr zu helfen, zeichneten sich waschbrettartige Muskeln auf seinem Bauch ab. Aber als sie ihn schließlich von der Jeans befreit hatte...

Himmlisch. Endlich hatte sie ihren Gefährten wieder, Haut auf Haut.

Sie streichelte über seine Länge und führte ihn näher an sich heran, als sie sich beide drehten. Sein Gewicht drückte sie auf die Matratze und ihre Blicke trafen sich.

Ich liebe dich. Brauche dich. Will dich. Sie sandte die Gefühle direkt in seine Gedanken.

Er drückte ihre Beine weiter auseinander und drängte sich gegen ihre Mitte. *Ich liebe dich. Brauche dich.* Er zog ihre Arme über ihren Kopf. *Will dich.*

Sie hatte kaum genickt, als er in sie eindrang.

„Ja!", schrie sie bei dem ach-so-wundervollen Schmerz auf.

„Sieh mich an", flüsterte Simon. „Behalte die Augen offen. Sieh mich an."

Ihr war nicht einmal bewusst, dass sie sie geschlossen hatte, so sehr war sie auf sein süßes Hineingleiten konzentriert gewesen. Das Gefühl, wie er sie dehnte, sie ausfüllte.

„Ja...", murmelte sie atemlos.

Als er sich zurückzog, war es wie süße Folter. Dann stieß er wieder hinein und das war sogar noch besser. Ihr ganzer Körper schrie vor Befriedigung, als sie ihn genau dort spürte, wo er hingehörte.

„Perfekt", brummte er heiser.

„Simon..." Sie zog ihre Beine höher und schloss ihre Finger um seine.

Er ließ seine Hüfte kreisen und glitt tiefer, zog sich dann zurück und stieß erneut zu. Dann fand er einen Rhythmus aus einem langsamen Gleiten und einem darauffolgenden harten Stoß, dem sie sich mit kurzem Zucken und Keuchen anpasste. Sie hielt seine Hände gefangen und umklammerte ihn mit ihren inneren Muskeln, bis er mit ihr stöhnte. Die Schatten im Raum tanzten schneller und eine Ader zeichnete sich auf seiner Stirn ab.

„Simon..." Sie spannte ihre Beine an und bewegte sich genauso heftig, wie er in sie stieß.

„Gott, Jess...", stöhnte er mit zusammengebissenen Zähnen und trieb sie damit an den Rand des Abgrunds. Sein nächster Stoß war so hart und schnell, dass sie auf dem Bett nach oben rutschte.

Das Blut rauschte durch ihre Adern. Sie biss sich mit den Zähnen in die Unterlippe, aber das war nur ein Teil ihres Lustschmerzes. Sie öffnete ihren Mund zu einem stillen Schrei. Jeder Nerv in ihrem Körper kribbelte und sie geriet völlig außer Kontrolle. Simon bewegte sich so schnell, füllte sie so tief...

„Ja...", stöhnte sie, als der Rausch sie überkam. „Ja... "

Simon keuchte neben ihrem Ohr und stieß immer weiter. Dann versteifte er sich am ganzen Körper und stöhnte so tief, dass es eher einer Vibration als einem Geräusch glich.

„Jess... " Der leiseste, sehnsüchtigste Laut, den sie je von einem Bären gehört hatte.

Er brach über ihr zusammen und sie schlang ihre Arme und Beine um ihn und hielt ihn fest.

Ich werde ihn für immer behalten, brummte ihre Wölfin in schläfriger Glückseligkeit.

Irgendwann wischte Simon sie beide mit seinem T-Shirt ab, rollte sich hinter sie und schmiegte sich an sie. Er strich mit dem Daumen über ihre Hand und sie streichelte ihn zurück. Sie sagten nichts, aber fühlten alles. Schließlich glitten sie sanft und friedlich in die süße Stille des Schlafs.

Kapitel 14

„Du meinst es ernst.“ Soren schaute ihm direkt in die Augen.

Simon starrte zurück. Ja, es war ihm ernst. Todernst.

„Sie ist meine Gefährtin.“

Soren warf ihm einen strengen Blick zu und trank einen weiteren Schluck von seinem Kaffee. Fader Kaffee, den Simon schon längst zur Seite geschoben hatte, weil er nicht annähernd so gut war wie der Kaffee, den Jess kochte. Aber das hatte er davon, dass er seinen Bruder an einem Sonntagnachmittag durch die halbe Stadt zu einem Schnellrestaurant geschleppt hatte.

Ein Sonntagnachmittag, der auf den besten Schlaf seines Lebens folgte. Er hatte es geschafft, auch Jess dazu zu bringen, auszuschlafen. Auch wenn das, was sie gemacht hatten, nicht nur schlafen war, hatte er sich noch nie so ausgeruht und gut gefühlt.

Also, ja – der beste Schlaf seines Lebens und der beste Muffin, den sein Bär jemals gegessen hatte. Einen Blaubeer-Haferflocken-Muffin voll von Süße und Liebe. Jess war eine Stunde vor ihm aus dem Bett geschlüpft – er musste ganz eindeutig an ihrer Definition von Ausschlafen arbeiten – und hatte nur für ihn eine frische Ladung gebacken.

Es war so ziemlich der beste Morgen aller Zeiten gewesen, der sich bis in den Nachmittag hingezogen hatte. Der Saloon öffnete sonntags erst spät, also hatten sie keine Eile. Es gab also genügend Zeit, um sich zu berühren, zu küssen und schließlich zu frühstücken.

Und es war pure Glückseligkeit gewesen, bis Soren die Treppe hinuntergestapft gekommen war und etwas von Kaffee gemurmelt hatte.

Jess war mit einem freundlichen „Guten Morgen!" an ihm vorbeigegangen.

„Morgen", hatte Soren zurückgemurmelt.

Jessicas Duft war einen halben Schritt hinter ihr hergezogen, vom schweren Moschusgeruch eines Bären erfüllt. Von Befriedigung. Von Sex.

Soren hatte den Kopf herumgerissen. Erst zu Jess und dann zu Simon und schließlich wieder zu Jess. Er hatte die Augen weit aufgerissen und Simon gegen die Brust geschlagen.

Willst du mir etwa sagen, dass du und sie... donnerte Soren in seinen Gedanken. Eine weitere Anschuldigung. *Du... Ihr habt...*

Das Feuer in seinen Augen machte deutlich, dass Soren genau wusste, welches Verb dem *Ihr habt* folgte.

Was der Grund war, warum er Soren in dieses Schnellrestaurant geschleppt hatte. Denn an einem Ort wie diesem hatten sie vielleicht eine bessere Chance, einen offenen Kampf zu vermeiden. Die beiden hatten sich in eine Sitzecke des Diners gequetscht und starrten sich über den Resopal-Tisch hinweg an. Glücklicherweise saß auf der gegenüberliegenden Seite des Lokals ein lautstarkes Softball-Team, das genug Lärm machte, um ihr Gespräch zu übertönen.

„Wieso sollte ich das mit Jess nicht ernst meinen?", fragte Simon.

„Ich meine, mehr als ernst. Ich meine, bist du dir sicher?", schnauzte Soren.

„Sicher? Ich bin mir sicher. Hast du ein Problem damit?" Simon beugte sich vor und fletschte seine Zähne. Seine normalen menschlichen Zähne, aber so wie sich der Druck auf sein Zahnfleisch anfühlte, waren seine Bärenzähne nicht weit davon entfernt, herauszubrechen.

Soren sträubte sich und auf seinen Armen und im Nacken zeigten sich deutlich mehr Haare als sonst. Sie beide waren nur einen Atemzug davon entfernt, sich zu verwandeln und zu kämpfen.

Simon blinzelte nicht. Wenn er gegen seinen Bruder kämpfen müsste, damit er die Wahrheit akzeptierte, würde er es tun. Es war ihm egal, dass sein älterer Bruder ihn jedes Mal besiegt hatte, wenn sie gekämpft hatten, egal ob als Kinder oder als Männer. Er würde es mit Soren aufnehmen. Er würde *alles* tun, was er tun musste.

Er presste seine Finger auf die Tischplatte und kämpfte darum, seine Krallen nicht auszufahren. Warum machte diese Vorstellung Soren so bitter?

Irgendwo auf der anderen Seite des Lokals lachte eine Frau und sie schauten beide auf. Eine ältere Frau klopfte dem Mann, der neben ihr saß, mit einer leichten, geübten Bewegung auf die Schulter. Es wirkte wie etwas, das sie in den letzten zwanzig oder dreißig Jahren wahrscheinlich oft getan hatte.

Sie sahen beide eine Sekunde lang zu und als Soren sich wieder umdrehte, sah Simon ihn in einem neuen Licht.

Vielleicht war Soren ja gar nicht so wütend, sondern eher traurig. Er trauerte immer noch um seine verlorene Gefährtin und würde es für immer tun.

Simon atmete tief und lang ein und begann erneut. Dieses Mal im Flüsterton.

„Hör' mal, wenn es Sarah wäre... "

Soren riss seinen Kopf mit grimmigem Blick nach oben.

Simon fuhr fort. „Wenn es Sarah wäre, würdest du dann nicht alles riskieren, um sie zurückzubekommen?"

Das Feuer in Sorens Augen brannte heller und erlosch dann langsam. Er senkte sein Kinn so weit hinab, dass es fast seine Brust berührte. „Ich würde für sie sterben."

Dann zuckte er zusammen und schloss die Augen. Er sagte den Rest nicht, aber es stand ihm ins Gesicht geschrieben. *Aber ich habe es nicht getan. Ich habe versagt.*

Eine schmerzhaft stille Minute verging, in der Simon die seelische Verzweiflung der letzten sechs Monate noch einmal durchlebte. Ja, er wusste genau, wie Soren sich fühlte. Und es tat fast genauso weh, der Glückliche zu sein, der eine zweite Chance bekam.

„Hör' mal", sagte Simon so leise, wie er konnte. „Ich weiß, dass du alles für Sarah tun würdest. Und ich würde alles tun, um dir zu helfen, sie zurückzubekommen. Aber... "

Soren starrte auf den Tisch. Sie wussten beide, dass das *Aber* ein Hindernis war, dass kein noch so starkes Wünschen,

Träumen oder Kämpfen überwinden würde. Soren schüttelte den Kopf und trank mit einem so ausdruckslosen Gesicht den Rest seines Kaffees, dass er Simon damit noch mehr verletzte als die wütende Version seiner selbst. Soren verbarg den Schmerz. Er leugnete ihn, so wie er es in den letzten tristen Monaten getan hatte.

Als Soren wieder aufblickte, war der Bär aus seinen Augen verschwunden. Müde Resignation ersetzte ihn. „Ich schätze, ich habe kein Problem damit."

Simon atmete langsam aus, aber sein Bruder war noch nicht fertig.

Soren beugte sich näher heran und sprach seine Gedanken zu Ende. „Aber die Twin Moon Wölfe vielleicht."

Simon warf den Kopf zurück. Himmel, was würde es brauchen, seine Gefährtin für sich zu gewinnen?

„Warum sollten sie?" Simon kannte nicht jeden auf der Twin Moon Ranch, aber er wusste, dass ein paar Nicht-Wölfe unter ihnen lebten. Eine Handvoll Menschen, ein Wildschwein...

„Denk doch mal nach. Sie müssen ihre eigenen Leute beschützen. Sie wollen genauso wenig wie wir, dass die Blue Bloods hier herumschnüffeln. Und mal ehrlich, was schulden uns die Wölfe der Twin Moon Ranch denn schon?"

Simon rang nach Worten. Soren hatte recht. Die Wölfe schuldeten ihnen gar nichts. Und auch Jess und Janna waren sie nichts schuldig. Sie waren bereit gewesen, ihnen zu helfen, aber wie lange würden sie noch bereit dazu sein, wenn ihre Gäste die Abtrünnigen in ihre friedliche Ecke der Welt lockten.

Nicht lange, sagte Sorens scharfer Blick. *Nicht lange.*

„Vielleicht könnte Tina...", begann Simon.

Soren unterbrach ihn mit einem scharfen Kopfschütteln. „Willst du sie wirklich bitten, sich für uns so weit aus dem Fenster zu lehnen?"

Tina war gütig, großzügig und bis aufs Blut prinzipientreu. Sie würde helfen, die Wogen im Wolfsrudel zu glätten, wenn sie darum baten. Aber sie war auch mit einem Mann verpaart, der ein Mensch gewesen war, bevor sie ihn in einen Wolf verwandelt hatte. Tina baute gerade einen Anbau zu ihrem Haus, was nur bedeuten konnte, dass die beiden auf Kinder hofften.

Jetzt war Simon derjenige, der den Kopf schüttelte. Nein, er konnte nicht noch mehr von Tina verlangen. Er konnte sie nicht auch noch in Gefahr bringen.

„Wir sind Bären, Jess ist ein Wolf. . . ", fuhr Soren fort. „Die Blue Bloods würden nach uns suchen. . . "

Soren brauchte es nicht auszusprechen.

Simon zerriss ein Zuckerpäckchen, nur um etwas zum Zerstören zu haben. Sein Bär hatte sich die Wohnung über dem Saloon bereits als Zuhause ausgemalt. Als Beginn einer neuen Wohngemeinschaft, vielleicht sogar eines richtigen Clans eines Tages. Er und Jess könnten ein Zimmer am Ende des Hauses nehmen und Soren und Janna könnten. . .

Er stoppte sich dann. Erwartete er wirklich, dass Soren und Janna täglich Zeugen seines neu gefundenen Glücks sein würden? Nun, Janna vielleicht. Ihr würde es nichts ausmachen und eine Frau wie sie würde eines Tages sicher selbst ihren Gefährten finden. Aber Soren. . .

Er warf einen Blick auf seinen Bruder. Verdammt.

Er könnte der mürrische Onkel sein, meinte sein Bär.

Der verdammte Bär hatte alles genau durchdacht, nicht wahr? Obwohl die Bärenjungen Soren vielleicht etwas aufmuntern könnten. . .

Simon verdrängte diesen Gedanken und versuchte, irgendeine Art Plan zu schmieden.

Die Glocke über der Tür des Schnellrestaurants klingelte fröhlich, aber der Mann, der darunter hereinstampfte, sah eher aus wie eine Gewitterwolke als wie der Sonnenschein. Simon fluchte leise vor sich hin. Was er brauchte – und zwar schnellstens –, war ein Plan, der den Twin Moon Alpha davon überzeugen würde, dass er und Soren den Frieden unter den Wölfen wahren konnten. Gute Wölfe und böse Wölfe.

Er musste sich anstrengen, um sich an den Teil mit den guten Wölfen zu erinnern, als er Tyler Hawthorne auf sie zustürmen sah. Dem schwelenden Ausdruck auf seinem Gesicht nach zu urteilen, war Tyler ein sehr unglücklicher Alpha-Wolf auf einer Mission, zu verletzen, zu verstümmeln und möglicherweise zu töten. Eine dunkle Wolke der Missbilligung zog vor ihm her und machte praktisch alles platt, was in Sicht war.

Er knallte eine Zeitung auf ihren Tisch und die Leute drei Sitzecken weiter zuckten zusammen.

„Was zum Teufel hast du dir dabei gedacht?"

Simon blinzelte. „Ähm... "

Soren drehte die Zeitung um und fluchte leise.

Was? Simon schoss die Frage in den Kopf seines Bruders. *Was?*

Sorens Arm blockierte den Blick auf die Zeitung, aber als er sie umdrehte, entdeckte Simon das Foto unten rechts.

„Scheiße."

Vermisstes Mädchen vor Inferno gerettet! prangte die Schlagzeile. *Fünftausend Hektar brennen. Lokale Heldin...*

Scheiße, Scheiße, scheiße. Selbst die Welle des Stolzes, die ihn überkam, konnte nicht verhindern, dass es ihm den Magen umdrehte. Das war Jess' Foto vorn und in der Mitte in einer Zeitung, die ganz Nord-Arizona las.

Es war eine dieser preisverdächtigen Aufnahmen, die die ganze Energie, die Dramatik und die Erleichterung der letzten Nacht einfangen konnten. Jess stand an der Seite, rußverschmiert, und beugte sich über das kleine Mädchen und ihre weinende Mutter. Es war die Art von Zeitungsartikel, die er einrahmen und im Saloon aufhängen würde, wenn da nicht eine Sache wäre.

„Wenn das jemand sieht und sie wiedererkennt... " Tyler verstummte.

Sorens Handy lag auf dem Tisch und piepste mit einer eingehenden SMS, aber niemand beachtete es. Nicht in einem solchen Moment.

Simon schnappte sich die Zeitung und begann, den Text zu überfliegen. Jessicas Name wurde nicht erwähnt, und seiner auch nicht. Aber das Foto hatte Jess perfekt eingefangen. Es war nur eine Frage der Zeit, bis sie erkannt wurde. Er konnte es sich schon vorstellen. Irgendein Arschloch von Mike's Eisenwaren würde die Zeitung sehen, Jess erkennen und die Presse zum Saloon rufen.

Sein Herz schlug schneller. Und da die Abtrünnigen hinter Jess her waren. . .

„Scheiße.“

„Das kannst du laut sagen“, bellte Tyler. „Wo ist sie jetzt?“

So dumm war er auch nicht. Kyle, der Wolfspolizist, hatte unauffällig gegenüber des Saloons geparkt und behielt alles im Auge, während die Bären abwesend waren.

„Kyle ist dort.“

Tyler biss die Zähne zusammen. Er war immer noch nicht zufrieden. Er schlug mit der Faust auf die Zeitung. „Was zum Teufel habt ihr euch dabei gedacht?“

Das Pärchen am Nachbartisch warf ein paar Geldscheine auf den Tisch und verschwand.

„Ich habe nur daran gedacht, das Mädchen aus dem Feuer zu retten“, platzte Simon heraus. „Meine Gefährtin aus dem Feuer zu holen.“

Tyler erstarrte und Soren zuckte zusammen.

„Deine Gefährtin?“, knurrte der Wolf tief und bedrohlich.

Er konnte sich nur mit Mühe beherrschen, nicht zurückzuknurren. Tyler Hawthorne hatte kein Recht, wegen Jess zu knurren. Sie gehörte ihm! Sie gehörte seinem Bären! Sie war. . .

Er kniff die Augen zusammen. Sie war ihre eigene verdammte Person und wenn er nicht mehr als Höhlenmenschtaktiken zustande brachte, würde sie ihn niemals als ihren Gefährten akzeptieren.

Sorens Telefon piepste erneut und Simon musste sich zusammenreißen, nicht mit der Faust draufzuschlagen.

„Ja, meine Gefährtin“, erklärte er und schaute in die dunklen Augen des Alphas auf. Der Blick des Wolfs pulsierte vor Kraft und Forderungen. Doch dahinter flackerte etwas anderes auf, ganz sanft wie eine einzelne Kerze im Auge des Sturms. Tyler Hawthorne hatte selbst eine Gefährtin. Er würde das Band zwischen Schicksalsgefährten respektieren, oder?

Das Funkeln ging weiter und weiter und gerade als Simon dachte, er würde ersticken, ließ der Wolf von ihm ab.

Verständnis glühte gelb unter dem Schwarz seiner Augen. Nicht, dass der Alpha sie so einfach davonkommen lassen würde.

Tyler ragte über den Tisch auf. „Die Aufmerksamkeit der Blue Bloods auf uns zu lenken, ist das Letzte, was wir gebrauchen können."

„Wir haben sie schon einmal gejagt", mischte sich Soren ein, um ihn zu unterstützen. „Wir können es wieder tun."

Genau darum ging es, und sie wussten es alle drei. Simon und Soren hatten die Mörder bereits aufgespürt. Jeden einzelnen, der am Black River Massaker beteiligt gewesen war. Doch wo einer fiel, tauchten zwei weitere auf, vereint durch eine kranke Ideologie des Hasses.

Tyler schüttelte den Kopf und Simon wartete darauf, dass der Alpha mit einer Antwort herausplatzte. Eine, die in etwa lautete, *Verschwindet aus unserem Territorium. Auf Wiedersehen und viel Glück.*

Wohin würden er und Jess gehen? Was würden sie tun?

„Nein", sagte Tyler. „Wir müssen es durchdenken."

Wir? Simon spitzte die Ohren.

„Unsere Verbündeten mobilisieren...", fuhr der Wolf fort. „Informationen sammeln..."

Simon musterte den Alpha. Sagte Tyler, was sein Bär sich erhofft hatte?

„Wir arbeiten daran", sagte Tyler. „Glaub mir, wir arbeiten daran. Aber wir brauchen Zeit."

„Und in der Zwischenzeit..." Simon hielt den Atem an.

Tyler funkelte immer noch, aber seine Intensität konzentrierte sich jetzt auf etwas anderes. Auf den wahren Feind – die Blue Blood-Abtrünnigen. „In der Zwischenzeit müssen wir die beiden Wölfinnen auf die Ranch bringen. Um sie zu beschützen."

Simon wäre fast aufgesprungen, um zu protestieren, aber Sorens Telefon piepste erneut. Alle drei richteten ihre Wut auf das Gerät.

„Geh endlich ran", bellte Tyler.

Simon schaute aus den Fenstern des Lokals und ballte die Fäuste. Er sollte derjenige sein, der Jess beschützte, nicht die Wölfe.

„Verdammt", fluchte Soren und schaute auf seine SMS. „Kyle ist zu einem Unfall gerufen worden. Er musste den Saloon verlassen."

Simon hätte sich umgedreht, um die Nachricht mit eigenen Augen zu lesen, aber ein vorbeifahrender roter Kleintransporter erregte seine Aufmerksamkeit. Ein großer Ford mit getönten Scheiben und Kennzeichen aus Oklahoma.

„Wir müssen bald wieder zurück", sagte Soren.

Simon packte die Tischkante und konzentrierte sich immer noch auf die Straße draußen. Warum beunruhigte dieser Wagen seinen Bären so?

Ein zweiter Kleintransporter fuhr vorbei, der mit dem ersten fast identisch war, und er folgte ihm mit seinem Blick. Die Tür des Lokals öffnete sich, als ein Kunde das Restaurant verließ, und der Geruch der Straße wehte herein. Asphalt, der unter der Sonne brannte. Ein Streifen Öl, der auf der Straße verschüttet war. Und ein entfernter Hauch eines warmblütigen Wesens mit eisiger Seele.

Simon sprang aus der Sitzecke auf. „Abtrünnige! Wir müssen sofort zum Saloon!"

„Abtrünnige", zischte Tyler fast im gleichen Atemzug.

Die drei sprinteten zur Tür und ignorierten das protestierende Quietschen der Kellnerin.

„Mein Wagen!", rief Soren. „Springt in meinen Wagen!"

Tylers Fahrzeug war zu weit weg, also stiegen sie alle drei ein. Soren ließ den Motor aufheulen und bog auf die Straße. Er hinterließ Reifenspuren und den Geruch von verbranntem Gummi.

Eine Hupe ertönte. Tyler zeigte auf die roten Fahrzeuge, die gerade über eine Kreuzung rasten.

„Los! Los!", brüllte Simon.

Tyler tippte auf die Tasten seines Handys und murmelte Kyles Namen. Die Ampel wurde gelb und Soren trat aufs Gas.

Die Ampel wurde rot. Soren fluchte, lehnte sich über das Lenkrad und raste weiter.

Von rechts dröhnte etwas wie ein Meteor, der durch das Weltall raste, auf sie zu. Simon drehte sich gerade noch rechtzeitig um, um zu sehen, wie der Kühlergrill eines riesigen Sattelschleppers gegen die Seitenscheibe prallte.

„Scheiße!"

Als Nächstes wurde Sorens Wagen zur Seite geschleudert. Metall ächzte. Fiberglas knirschte. Seine Knochen schrien auf. Dann wurde alles schwarz und das Licht der Welt erlosch.

Kapitel 15

Jess summte vor sich hin, während sie den Tresen der Bar abräumte. Sie und Janna hatten alles für den abendlichen Ansturm vorbereitet, der wahrscheinlich nicht sonderlich groß sein würde, da am Rande der Stadt immer noch das Rodeo stattfand. Dort war die ganze Action, was ihr sehr recht war. Sie hatte immer noch damit zu tun, alles zu verarbeiten. Eine Nacht einer Beinahe-Katastrophe, die sich zum Guten gewandt hatte. Das Gefühl zweier vereinter Seelen anstatt einer einzigen einsamen.

Sie hatte so tief und fest geschlafen wie schon seit Jahren nicht mehr und war aufgewacht, als Simon ihr Gesicht streichelte und sie staunend ansah. *Bist du wirklich hier? Bist du wirklich meine?*

Sie wollte ihn dasselbe fragen.

Und sie wollte es immer noch, aber er war mit Soren verschwunden. Egal. Das gab ihr die Gelegenheit, den Morgen noch einmal Revue passieren zu lassen und sich an jedes Detail zu erinnern. Wie zum Beispiel, als sie ihn in den frühen Morgenstunden geküsst und dann eine Grimasse gezogen hatte.

„So schlimm, was?“, hatte er gefragt.

„Nein. Es ist nur, das hier… Das… “ Sie hielt einen Finger hoch, der von Ruß geschwärzt war.

„Dreck?“ Er hatte ihn direkt von ihrer Haut geküsst.

Der küssende Teil hatte ihr gefallen. Aber der Dreck drohte, ihre alten Albträume wieder heraufzubeschwören. Also waren sie langsam aus dem Bett aufgestanden und hatten sich auf den Weg ins Bad gemacht, um zu duschen.

Sie war einen Schritt vor Simon aus ihrem Zimmer gegangen und hatte ihm zugeflüstert. „Kommst du mit?"

Als sie sich umgedreht hatte, hielt sie beim Anblick von Simon, der sich am Türpfosten zu ihrem Zimmer rieb, inne. Er rieb sich kräftig daran, um sein Revier zu markieren. So wie er sie im Bett geküsst hatte, um auch sie als die Seine zu markieren.

Und das Verrückte daran war, dass es ihr nichts ausmachte. Es machte ihr auch nichts aus, sich in die Badewanne zu quetschen, auch wenn die eigentlich nicht zum Duschen von zwei Personen ausgelegt war.

„Ich wasche dich und du wäschst mich", flüsterte er halb und knurrte er halb.

Und ja, er hatte es überaus gut gemacht. Nachdem sie sich abgetrocknet hatten, begaben sie sich in sein Zimmer. Sie konnten beide nicht schnell genug ins Bett springen, aber als sie einmal dort waren...

Hinterher hatte sie zufrieden gesummt und sich genau wie früher an ihn gekuschelt. Sie fühlte sich so sauber. So frisch. So selig erschöpft, dass es beim nächsten Mal, als sie ihre Augen wieder öffnete, bereits hell war. Strahlendes Tageslicht hatte in Simons Zimmer geschienen. Ein Zimmer, das genauso spärlich eingerichtet war wie das von Soren. Bis auf eine Sache. Über dem Bett hing ein Foto an der Wand. Ein Foto in Brieftaschengröße, das an den Rändern abgegriffen war. Es zeigte einen sattgrünen Hintergrund und zwei bekannte Gesichter, die ihr den Atem stocken ließen.

Es war ein Foto von ihnen beiden, das an einem perfekten Nachmittag in Montana aufgenommen worden war. Sie standen am Rand eines Jahrmarkts, der durch die Gegend gezogen war. Simon, der hinter ihr stand, war einen halben Kopf größer und fast doppelt so breit wie sie. Er stützte sein Kinn auf ihrer Schulter ab. Sie trug sein Flanellhemd und noch immer ihre alte Frisur. Sie waren beide so jung und verliebt und hatten nicht geahnt, was auf sie zukommen würde.

„Du hast dieses Bild aufgehoben..." Sie strich mit dem Finger über die Kante und atmete kaum.

Er nickte langsam. „Ich habe es mitgenommen, als wir nach Osten gereist sind."

Ihre Augen hatten sich mit warmen Tränen gefüllt, als sie auf ihre Vergangenheit zurückblickte. „Janna und ich haben in der Nacht, als die Blue Bloods kamen, alles verloren. Alles. Jede Person, jeden Gegenstand. Unsere Familie. Unser Zuhause. Alben, Erinnerungsstücke…" Vorsichtig griff sie nach dem Foto und schluckte die Tränen hinunter.

Er zog sie in seine Arme und hielt sie fest, um ihr zu sagen, dass sie nicht alles verloren hatte. Sie hatte immer noch ihn. Ihren treuen Bären, der nie aufgehört hatte, sie zu lieben.

Genau wie sie nie aufgehört hatte, ihn zu lieben. Sie hatte immer wieder versucht, ihn zu hassen, aber es hatte nie wirklich funktioniert. Und das aus gutem Grund.

Schicksal.

Die nächsten Minuten hatten sie still dagelegen und über alles nachgedacht. Auch jetzt noch, Stunden später, dachte sie darüber nach. Mit Simon zusammen zu sein, fühlte sich so richtig an. Richtiger als die letzten drei Jahre ohne ihn, so viel war sicher.

„Eine höllische Nacht", hatte er mit einem schiefen Grinsen geflüstert.

Sie hatte nur genickt. Eine höllische Nacht.

Aber das Leben ging weiter. Die Uhr tickte weiter, bis hin zur Öffnungszeit und zu dem Zeitpunkt, an dem Soren Simon zu irgendeiner Besorgung weggeschleppt und versprochen hatte, dass sie gleich zurückkommen würden.

Das bedeutete, dass Janna und sie den Saloon allein für die Öffnung vorbereiten mussten. Jess polierte hinter der Bar Gläser, während Janna das Silberbesteck vorbereitete und die ganze Zeit vor sich hin brummte. Ihre Schwester war untypisch mürrisch, seit sie mittags aus dem Bett gepurzelt war.

„Geht es dir gut?", fragte sie.

„Bestens", bellte Janna.

Vielleicht verkatert? Jess fragte nicht. Sie wusste nur, dass ihre Schwester selbst nach dem Duschen noch schwach nach Zigarettenrauch und abgestandenem Schweiß roch. Mit anderen Worten – sie stank wie eine Kneipe. Typisch für Janna an einem Samstagabend. Aber die mürrische Stimmung war es nicht und auch nicht der Duft, der sich über den Rest legte. Der schwache Duft eines Cowboys. Leder, Eiche, ein Hauch von Pferd und eine winzige Spur von Schweiß. Die angenehme Art von Schweiß, mit einer ganzen Menge Mann darin gemischt.

Als Janna das nächste Mal an ihr vorbeiging, schnupperte Jess heimlich und zog die Augenbrauen hoch. Das war nicht der Geruch eines Wolfs-Cowboys. Es war ein reiner Menschengeruch. Coles Geruch, um genau zu sein. Hatte Janna gestern Abend mit dem gebrochenen Cowboy getanzt? Sein Duft war deutlich genug, um anzudeuten, dass sie langsam getanzt hatten, und zwar sehr, sehr eng. Was sonst hatte Janna gestern Abend mit Cole gemacht?

Aber Janna sagte kein Wort und Jess stellte keine Fragen.

Die Türen des Saloons öffneten sich mit einem Knarren. Dann knarrte es noch einmal und gestiefelte Füße stapften herein. Jess drehte sich nicht sofort um und warf auch keinen Blick in den Barspiegel. Sie brauchte noch eine Sekunde, in der sie über Simon und das Schicksal und vielleicht sogar über ,für immer' träumen konnte, und dann würde sie wieder an die Arbeit gehen.

„Ich bin gleich da", rief Janna und zwang sich zu einer munteren Stimme. Sie drehte sich vom Ecktisch zu den Neuankömmlingen um. „Was kann ich euch–?"

Jess wirbelte herum, als sie den Schreck in der Stimme ihrer Schwester hörte.

„Euch", sagte der Mann an der Theke schlicht. „Wir wollen euch."

Jess starrte ihn an. Ein Mann mittleren Alters, der komplett in Weiß gekleidet war. Zwei jüngere, kräftigere Männer flankierten ihn und ein dritter folgte dahinter. Er ließ die Saloon-Türen in gewichtiger Stille aufschwingen.

Jess hätte die Männer nicht einmal ansehen brauchen, um zu wissen, wer sie waren. Sie brauchte ihre Nase nicht zu benutzen, um den schalen Geruch der Abtrünnigen zu erkennen. Sie waren Wölfe. Abtrünnige Schurken. Blue Bloods, wie die auf ihre Finger tätowierten blauen Ringe verkündeten.

Reinheit! Reinheit! Der unheimliche Gesang stieg in ihren Erinnerungen auf.

„Nun, wir dachten uns, dass ein paar junge und beeinflussbare Wölfinnen den Fehler machen könnten, sich mit der falschen Spezies zusammenzutun...“, begann der Mann in Weiß und sprach beiläufig. Wie ein Pfarrer, der sich auf eine Predigt vorbereitete, bei der er in Kürze Feuer und Schwefel speien würde.

Whyte. Victor Whyte. Der Anführer der puristischen Abtrünnigen. Das musste er sein.

Jess schaute sich nach einer Waffe oder einem Fluchtweg um.

„Die falsche Spezies?“, höhnte Janna. „Ihr meint, im Gegensatz zu euch?“

Victor Whyte lächelte nachsichtig und fuhr fort, als hätte er sie nicht gehört.

„Aber den Fehler zu machen, sich ein zweites Mal mit Bären einzulassen, klingt, als hätten diese Wölfinnen ihre Lektion nicht gelernt.“ Er fletschte seine Zähne – lange Eckzähne. Als Whyte sich einen Moment später nach vorn beugte, war sein Tonfall reinste Bosheit. „Wir sind hier, um sie euch zu lehren.“

Janna schwenkte ihr Getränketablett wie eine Waffe. „Sicher“, spie sie zurück. „Erteilt mir eine Lektion.“

Jess wich einen Schritt zurück und versuchte, zu denken. Die Chancen, vier gegen zwei, standen schlecht, egal ob sie sich in ihre Wolfsform verwandelten oder auf zwei Beinen blieben. Die Eingangstür wurde von dem größten der abtrünnigen Schurken blockiert. Das antike Winchester-Gewehr, das hoch über der Theke hing, war nicht geladen und selbst wenn sie es herunterreißen könnte, bevor die Schurken sie erwischten, würde sie es niemals rechtzeitig zu den Silberkugeln schaffen, die Soren in der Kasse aufbewahrte.

Der Predigertyp seufzte und sah den stämmigen Mann zu seiner Linken an. „Was denkst du, Brett?“

Hintertür, schrie Jess in Gedanken zu Janna. *Wir müssen abhauen.*

Janna warf ihr einen sturen Blick zu.

Vier von ihnen gegen zwei von uns, Janna. Los!

Der Schurke namens Brett ließ eine Reihe schiefer, verfärbter Zähne aufblitzen. „Ich glaube, sie wollen lernen." Das Geplänkel der Männer war locker, als würden ein paar Typen aus dem mittleren Westen über Baseball oder die Ernte plauschen. „Sie müssen es lernen."

„Ihnen muss eine Lektion erteilt werden", brummte ein Dritter von der Tür aus. Ein Jüngerer, der auf einen Kampf aus war. Oder noch Schlimmeres als einen Kampf, der Art nach zu urteilen, wie er auf Jannas enganliegendes Oberteil starrte.

Janna warf ihm einen verächtlichen Blick zu und wich in Richtung Hintereingang zurück.

„Ja", sagte Whyte. „Ich denke, ihr habt recht. So eine Schande, dass diese netten Mädchen auf die harte Tour lernen müssen."

Auf sein Nicken hin trat derjenige, der Brett hieß, nach vorn und bewegte sich vom Schatten ins Licht und wieder in den Schatten. Einen Moment lang konnte Jess den unschuldigen Teenager in ihm sehen, der er einmal gewesen sein musste. War er von einem Rudel weggelaufen, das von einem strengen Alpha regiert wurde? Vielleicht war er ein junger Wolf gewesen, der einen Machtkampf unterstützt hatte und auf der Verliererseite gelandet war, um dann von seinem Rudel verstoßen zu werden? Wie dem auch sei, er war jung, verbittert und leicht für eine Sache zu gewinnen. Egal welche Sache, solange sie mit Akzeptanz und der Illusion von Macht einherging.

Janna hielt das Tablett hoch und kam rückwärts auf Jess zu, die den Raum um sich herum musterte. Vielleicht, wenn sie einen Stuhl benutzte...

„Also, wir können das auf die harte Tour machen oder auf die leichte."

Whyte ließ es so vernünftig klingen. Aber die *leichte* Tour, so dachte Jess, bedeutete, dass diese Abtrünnigen sie und Janna irgendwohin brachten, um sie kaltblütig zu verprügeln und zu ermorden.

„Vielleicht können wir zuerst ein wenig spielen", fügte der Mann an der Tür mit heiserer Stimme hinzu.

Es wäre wohl eher verprügeln, vergewaltigen und dann ermorden.

„Natürlich", sagte Whyte und winkte mit der Hand ab. „Ihr werdet eure Gelegenheit bekommen. Jeder von euch. Wenn ihr den Gedanken an eine Wölfin ertragen könnt, die sich von einem Bären hat vögeln lassen." Sein Blick fiel auf Jess und strahlte tiefste Abscheu aus.

Sie knurrte laut und konnte ihre Wölfin kaum im Zaum halten. „Sagt der Mann, der sich einer kranken Sache verschrieben hat. Sagt der Mörder."

Sein Blick verdunkelte sich. „Lehrer. Retter. Schützer reinen Gestaltwandlerbluts."

Sie hätte schnauben können. *Rein* war ihre Verbindung zu Simon, die über so viele Jahre standgehalten hatte.

Der Große nickte und begann, die Predigt herunterzuleiern, die er offensichtlich schon so oft gehört hatte. „Es gibt nur noch wenige Gestaltwandler auf der Welt. Die alten Blutlinien müssen bewahrt werden."

„Blutlinien", sagte Jess langsam und verschaffte Janna Zeit, sich dem Flur in Richtung Hinterausgang zu nähern. „Na sicher." Er ließ es so klingen, als wären Gestaltwandler Königtum, dabei waren sie nur die letzten kümmerlichen Überlebenden einer einst weitverbreiteten Rasse.

„Schon mal was von Inzucht gehört, Idiot?", warf Janna ein.

„Wir dürfen nicht zulassen, dass die Blutlinien geschwächt werden." Er sah überrascht aus, als Jess nicht zustimmte. „Wir müssen unsere Reinheit schützen."

„Reiner Schwachsinn, das ist alles, was das ist", murmelte Janna, während sie sich weiter dem Flur näherte. Jess zählte jeden ihrer Schritte und hielt den Atem an. Schon bald wäre Janna nah genug, um loszulaufen, und Jess würde ihr folgen. „Ihr könnt eure eigene Reinheit beschützen, so viel ihr wollt. Aber mischt euch nicht in meine ein."

„Sagt die Frau die nach... " Der Abtrünnige schnupperte und zog dann eine hochmütige Augenbraue hoch. „... Mensch stinkt?"

Jess streckte ihr Kinn hoch und funkelte sie an. „Geht und beschützt eure sogenannte Reinheit woanders. Niemand will euch hier haben."

„Oh, aber wir wollen hier sein. Nur nicht für lange." Der Anführer warf einen Blick durch die vorderen Fenster. Diese Sache kam den Schwestern zugute. Es war helllichter Tag. Selbst ein verrückter Abtrünniger würde sich in der Öffentlichkeit nicht in seine Wolfsgestalt verwandeln, und es war genauso unwahrscheinlich, dass er sie hier ermorden würde.

Mike aus dem Eisenwarenladen kam an den Fenstern vorbei und zog seinen Hut zum Gruß. „Hallo, meine Damen!"

Jess und Janna tauschten verzweifelte Blicke aus. Würden sie es wagen, um Hilfe zu rufen?

Der Schurke an der Tür knurrte leise vor sich hin. *Tut es. Ruft ihn nur. Ich werde ihn töten, bevor ich euch töte.*

Jess winkte Mike schwach zu, der außer Sichtweite schlenderte. Gestaltwandler hatten unglaubliche Kraft; Mike müsste schon ein Profiboxer sein, um gegen die Abtrünnigen eine Chance zu haben. Sie durften ihn nicht mit hineinziehen.

Janna warf ihr einen Blick zu. *Ein Bär wäre jetzt nicht schlecht.*

Gott, wo waren die Voss-Brüder?

Kapitel 16

„Wenn ihr bitte hier entlanggehen würdet... “ Victor Whyte wies auf die Eingangstür und sprach mit zuckersüßer Stimme.

Jess holte tief Luft. So sehr sie sich auch wünschte, dass die Bärenbrüder jetzt auftauchten, hatte sie die letzten Jahre nicht damit verbracht, wie eine Jungfrau in Not darauf zu warten, gerettet zu werden. Sie würde auch jetzt nicht damit anfangen.

Auf drei Rennen wir nach hinten. Bereit? rief sie in die Gedanken ihrer Schwester. Die Abtrünnigen konnten ihre Gedanken nicht hören, so wie ihre Schwester es konnte, und das war auch gut so.

Sie hob die Hände und tat ihr Bestes, um sanftmütig zu klingen. „Okay, schon in Ordnung, wir wollen keinen Ärger. Lasst einfach unsere Freunde in Ruhe. “

„Keine Sorge“, sagte der in Weiß gekleidete Typ. „Wir werden keiner Fliege etwas zuleide tun. “

Eine Lüge und sie wusste es, aber sie konnte so tun, als würde sie es glauben.

„Keine Sorge, wir werden euch Damen zeigen, was Spaß macht. “ Der Typ an der Tür starrte auf Jessicas Brüste.

Na sicher. Spaß.

Eins, rief sie Janna zu.

Ihre Schwester nickte unmerklich.

Zwei...

Sie trat hinter der Bar hervor.

Drei!

Jess griff nach dem erstbesten Barhocker und schwang ihn genau in dem Moment in die Luft, als Janna ihr Tablett wie eine Frisbee-Scheibe gegen Whytes Hals schleuderte. Zwei überraschte Schreie ertönten und er taumelte.

Sie rannten durch den Flur in das schummrige Hinterzimmer und auf die Hintertür zu. Sie flog vor ihnen auf und beide kamen kreischend zum Stehen. Ein noch größerer Schurke trat durch die Tür und grinste von einem Ohr zum anderen.

„Wollt ihr irgendwohin, meine Damen?"

„Scheiße", kreischte Janna und wich zurück.

Jess packte Janna und zerrte sie zu der kleinen Bar im Hinterzimmer, gerade als die anderen Abtrünnigen von vorne hereinstürmten. Sie schaute hektisch nach links und dann nach rechts. Sie saßen in der Falle.

„Verdammt." Janna schnappte sich einen Besen und schwang ihn wie eine Lanze.

Jess griff nach einem Barhocker und riss ihn hoch. „Raus aus meinem Saloon! Sofort!"

Technisch gesehen war es nicht *ihr* Saloon, aber es fühlte sich auf jeden Fall so an. Ihr neues Zuhause. Ihre Zukunft. Sie würde das alles nicht kampflos aufgeben.

„Schnappt sie euch!", zischte Whyte seinen Männern zu.

Wir schaffen das, sagte Janna und klang zittrig, als die anderen sich näherten.

Jess nickte. *Wir müssen es schaffen.*

„Hätten diese Idioten euch doch nur zusammen mit den anderen getötet", knurrte Whyte. „Die, die es wagen, die Blutlinien der Gestaltwandler zu verschmutzen, sollen unseren Zorn zu spüren bekommen."

Die anderen drei kamen näher und Janna stach mit dem Besenstil auf die Brust des nächsten Schurken ein. Er wich mit einem Grunzen zurück. „Ich werde dir zeigen, was Zorn ist, du Arschloch."

Jess schwang den Barhocker nach dem nächsten Typ, der auf sie zukam.

„Reinheit. Reinheit..." Whyte fing an in einem unheimlichen Monoton zu singen.

Ein dritter Gegner drängte sich vor und Jess knurrte. Ihr Herz schlug wie wild und sie sah rot. In der Nacht, als die Blue Bloods ihre Familie getötet hatten, hatte sie keine Gelegenheit bekommen, sie zu bekämpfen. Aber jetzt hatte sie eine. Und sie würde sie nutzen, verdammt noch mal.

Der Schurke, der ihr am nächsten stand, hob eine Hand zum Schlag und sie schlug sie mit dem Hocker weg. Einmal. Zweimal. Beim dritten Mal fing er den Barhocker ab und riss ihn ihr aus den Händen.

„Und was jetzt, Wölfin?", grinste er.

Sie schnappte sich eine Whiskyflasche von der Bar, schlug das Ende ab und hielt den scharfkantigen Flaschenhals hoch. „Versuche es doch. Versuche es einfach... "

Das Grinsen verschwand von seinem Gesicht.

„Idiot! Schnappt sie euch!", schrie Whyte, obwohl er selbst vor der Action zurückwich. Es waren also eher vier Abtrünnige gegen zwei Wölfinnen, und nicht fünf gegen zwei. Eine Ausgangssituation, die ihr besser gefiel, auch wenn ihre Chancen immer noch gering waren.

Dann stürmte ein weiterer Schurke durch die Vordertür und sie fluchte erneut.

Die zwei Typen, die sie überrumpelt hatten, hatten sich nun wieder aufgerappelt und alle fünf rückten gleichzeitig vor.

„Ihr hattet eure Chance, friedlich mit uns zu kommen", schimpfte der Anführer, während seine Männer immer näher rückten.

Jess umklammerte den Flaschenhals fest und schwang ihn in hohem Bogen. *Okay, wir verwandeln uns und kämpfen uns den Weg frei,* rief sie Janna gedanklich zu. *Bist du bereit?*

Geschwindigkeit war ihre beste Waffe – eine schnelle Verwandlung und dann die Flucht.

Darauf kannst du wetten. Diese Arschlöcher haben unsere Vergangenheit gestohlen, grunzte Janna aufmunternd in ihren Kopf. *Wir werden ihnen zeigen, wie Black River Wölfe kämpfen können.*

Ein Kampf auf Leben und Tod und das wussten sie beide.

Jess biss die Zähne zusammen. *Diese Arschlöcher wollen auch noch unsere Zukunft.* Allein dafür würde sie mit der Kraft von zwei Wölfen kämpfen.

Aus dem vorderen Raum ertönte Gebrüll, gefolgt von einem Krachen, und alle drehten die Köpfe.

Janna grinste triumphierend. *Ja! Sie sind endlich da!*

Mit *sie* meinte Janna sicherlich die Bären, aber der Mann, der eine Sekunde später durch den Flur stürmte, war weder Simon, Soren oder gar Kyle, der Polizist, der vorhin vorbeigekommen war.

„Cole?", platzte Janna ungläubig heraus, als der Cowboy in Sicht kam und größer und bedrohlicher aussah, als Jess ihn jemals gesehen hatte. „Oh Gott, Cole!" Jannas Schrei war eine Mischung aus Erleichterung und Entsetzen, denn selbst ein raubeiniger Cowboy wie Cole hätte keine Chance gegen die Abtrünnigen.

„Janna." Er musterte die Fremden mit dunklen, gefährlichen Augen. „Ungebetene Gäste?"

Eine Sekunde lang erstarrten alle. Dann ballte Cole die Fäuste und ging auf die erstbesten Eindringlinge zu. Wütend. Rasend. Geradezu tödlich.

„Nein, Cole...", schrie Jess. Einen Menschen in einen Gestaltwandlerkampf zu verwickeln, war wirklich das Letzte, was sie brauchten.

Zu spät. Die Abtrünnigen knurrten, blieben jedoch in ihrer menschlichen Gestalt, und einen Sekundenbruchteil später brach das Chaos aus.

Einer der Schurken schlug mit der Faust zu, aber Cole wich ihm aus und bewegte sich mit unheimlicher Geschwindigkeit und purer athletischer Anmut. Er richtete sich mit einem Aufwärtshaken wieder auf, der den Mann zurücktaumeln ließ. Jess schleuderte eine Flasche nach dem Kerl neben ihm. Janna schwang den Besen und nutze die Ablenkung, um einen weiteren Abtrünnigen zu überrumpeln.

„Schnappt sie euch!", rief Whyte und sprang zur Seite.

„Cole!" Janna rammte dem nächsten Typ den Besen in die Leistengegend.

Jess schnappte sich eine weitere Flasche und stürzte sich auf den nächstbesten Feind. „Janna, pass auf!"

Janna wirbelte gerade noch rechtzeitig herum, um den Mann abzuwehren, der ihr in den Rücken fallen wollte und sandte ihn in Jessicas Richtung. Sie schlitzte ihm mit der Flasche die Wange auf und knurrte.

Sie und Janna traten um sich. Sie schleuderten Stühle und Beleidigungen. Sie kämpften schmutzig, verzweifelt, mit Hockern, Flaschen und sogar einer Kehrschaufel. Und überraschenderweise hielten sie, Janna und Cole die Schurken für ein oder zwei Minuten in Schach.

Dann stürmten zwei weitere Blue Bloods von vorne herein und das Blatt wendete sich.

„Oh!" Janna stürzte zu Boden, als einer der Schurken ihr die Füße mit einem Tritt wegriss.

„Steh auf!" Jess schleuderte ihre Flasche nach dem Kerl, der ihre Schwester an den Haaren packte. Als sie nach einer weiteren Flasche greifen wollte, umklammerte eine große, dicke Hand ihren Arm und verdrehte ihn kräftig.

Cole schlug einen Schurken in die Flucht, aber die Neuankömmlinge erwischten ihn von hinten und schleuderten ihn quer durch den Raum.

„Cole!" Janna schrie, als er gegen die Wand prallte und zu Boden sackte.

Whyte gackerte. „Reinheit. Reinheit... "

Jess stieß einem Angreifer ihr Knie in die Leistengegend, während Janna sich den Weg freistieß. Doch einen Moment später stürmten die anderen in überwältigender Anzahl herein. Jess krallte nach den Händen, die nach ihr griffen, zogen und rissen, aber es war ein aussichtsloser Kampf. Auch Jannas Schreie wurden immer hektischer. Sie glichen eher Gebeten als Kampfgeschrei.

Großer Gott, sie würden ein Wunder brauchen, um hier herauszukommen.

Die Abtrünnigen kämpften mit neuem Elan. Sie hatten die Wölfinnen zu Anfang unterschätzt, aber jetzt nicht mehr. Umso härter waren ihre Tritte, umso kraftvoller ihre Schläge.

„Cole!", schrie Janna, als der Größte der Schurken sie an der Kehle packte.

Aber Cole blieb regungslos liegen, wo er gefallen war. Jess duckte sich zu spät, um einem weiteren Schlag auszuweichen, und plötzlich sah sie nur noch Sterne.

„Endlich", zischte der Anführer in der unheimlichen Stille, die daraufhin folgte. „Töte die, dann den und dann sie."

Jess wusste nicht, wer *die* oder *sie* war, aber am Ende war es egal. Sie mussten aufstehen!

Aber sie schaffte es nicht, denn ein gestiefelter Fuß drückte auf ihren Nacken. Nur ein wenig mehr Druck und ihr Genick würde brechen. Und diese Art von Verletzung konnte selbst ein schnell heilender Gestaltwandler nicht überleben.

„Nein! Nein!" Janna strampelte und schrie, aber sie wurde schnell schwächer.

Steh auf! Kämpfe! Überlebe! Jeder Nerv in Jessicas Körper schrie danach, dass sie etwas versuchen sollte – irgendetwas! –, aber sie war machtlos. Selbst eine Verwandlung in ihre Wolfsgestalt würde ihr nicht helfen, sich zu befreien.

Das war das Ende. Gott, gerade als sie einen neuen Grund zum Leben gefunden hatte, würde ihr das Leben entrissen werden.

„Ich habe euch doch gefragt", tadelte der Anführer. „Auf die harte oder die leichte Tour?"

Sie schloss die Augen, riss sie jedoch eine Sekunde später wieder auf, als eine vertraute Stimme aus dem Flur donnerte. „Die harte Tour, Arschloch."

Simon?

Ein wütendes Brüllen erschütterte den Raum. Teils Mensch, teils Bär.

Überall brachen Schreie aus. Grunzen. Knurren. Das erdrückende Gewicht löste sich von ihrem Hals und flog davon. Stiefel sausten an ihr vorbei, während sie noch immer auf dem Boden lag und um Atem rang.

Steh auf. Steh auf...

Die Füße in ihrem Blickfeld sprangen hin und her, die meisten in Richtung Hintertür. Jess rollte sich zur Bar herum und zog sich daran hoch. Ihre Arme zitterten. Ihre Knie waren weich. Ihr Atem kam in verzweifelten Stößen. Der einzige Sinn, auf den sie sich verlassen konnte, war ihr Geruchssinn, der ihr sagte, dass Simon endlich zurück war. Er sah seltsam mitgenommen aus, als käme er direkt von einem anderen Kampf. So wütend und auf Rache aus.

Er stürmte an ihr vorbei und sandte den größten der Abtrünnigen mit einem ohrenbetäubenden Krachen durch das

Fenster hinaus.

Eine zweite Gestalt raste vorbei. Soren, der sich vorgebeugt hatte wie ein Rammbock. Er stürzte sich auf den nächstbesten Schurken und schleuderte ihn durch die offene Tür hinaus.

Jess schwankte auf ihren Füßen und klammerte sich an der Bar fest.

Hinter ihr schrie einer der Gauner vor Schmerz auf und ein Knochen brach.

„Raus. Aus. Meinem. Saloon“, brüllte Simon kaum mehr menschlich.

Soren zerrte einen weiteren Schurken am Genick von Janna weg und drückte zu, bis der Mann rot wurde. Dann schleuderte er ihn wie eine Stoffpuppe gegen die Wand.

„Cole!“ Janna kroch auf den gefallenen Cowboy zu.

Ein wütendes Wolfsknurren dröhnte durch den Flur und Jess entdeckte den Twin Moon Alpha, Tyler Hawthorne. Zu diesem Zeitpunkt gab es nicht mehr viel anderes zu tun, als wild zu starren, aber es war genug. Die Schurken, die noch übrig waren, stürmten zur Tür hinaus und flohen um ihr Leben. Auch Victor Whyte, der auf der Türschwelle gerade lange genug innehielt, um seine Faust in die Luft zu reißen. „Wir kommen wieder“, brüllte er und rannte los. Jess erschauderte, als er es immer wieder und wieder rief.

„Wir kommen wieder... “

Soren verfolgte ihn kurz und blieb dann drohend vor der Tür stehen, als würde er den Feind herausfordern, es noch einmal zu versuchen.

Ein letzter Abtrünniger erhob sich und stürmte mit Hass in den Augen auf Simon zu.

„Unrein. Du bist unrein.“

Jessicas Sicht war immer noch ein wenig unklar. Alles, was sie sah, war ein verschwommenes Bild. Der Mensch Simon, der mit seinen riesigen Bärenkrallen auf die Brust des Mannes einschlug. Blut spritzte und ein erstickter Schrei ertönte. Ein dumpfer Aufprall.

„Cole... “, rief Janna irgendwo rechts von ihr.

Jess schwankte auf ihren Füßen. Gerade als sie sich sicher war, dass sie zusammenbrechen würde, legten sich zwei dicke Arme um ihre Taille.

„Ich hab dich" Simon hielt sie fest. „Ich hab dich."

Sie schlang ihre Arme um ihn, schloss die Augen und flüsterte zurück. „Ich hab dich auch."

Ein letzter Schurke rappelte sich auf die Beine und humpelte zum zerbrochenen Fenster hinüber, um zu fliehen. Simon riss den Kopf hoch, aber Jess zog ihn zurück. „Lass ihn gehen."

„Er wird zurückkommen, Jess."

Sie zuckte mit den Schultern. „Sollen sie ruhig versuchen, eine Wölfin von ihrem Gefährten fernzuhalten."

Simon riss die Augen weit auf. „Gefährte? Meinst du es wirklich?"

Sie küsste ihn, vergrub ihr Gesicht an seinem Hals und schnupperte tief. „Alles meins." Sie nickte. „Mein Gefährte."

Epilog

Zwei Wochen später...

Die ersten Strahlen des Sonnenaufgangs wärmten Jessicas Wange und sie drehte sich um und kuschelte sich enger an ihren Gefährten.

Simon schnarchte leise in einem glücklichen Traum, aber er schlang automatisch seinen Arm um sie. Sie lächelte und streichelte über seine Haut. Ob Tag oder Nacht, wach oder schlafend, er schien immer genau zu wissen, wo sie war und was sie brauchte. So war es gewesen, seit sie in einer aufregenden, leidenschaftlichen Nacht nicht lange nach dem Kampf ihre Paarungsbisse ausgetauscht hatten.

Nicht, dass sie sich in den letzten Tagen weit von der Seite des anderen entfernt hätten, aber trotzdem. Jess hatte das Gefühl, dass Simon sie überall auf dem Kontinent ausfindig machen könnte, so wie sie auch ihn.

Sie schaute ihm beim Schlafen zu und war fasziniert, wie ein so großer so wilder Gestaltwandler, so sanft und ruhig sein konnte. So gelassen, wie das Gefühl, dass sie überkam, wenn sie ihn nur ansah.

Gott, wie hatte sie nur jemals ohne ihren Bären gelebt?

Sie strich über seine Augenbraue, nur hauchzart und berührte ihn kaum. Der Schmerz der Vergangenheit war nicht verschwunden, aber er war unter Schichten von Freude begraben, die so dick waren wie die Bettdecken ihrer Großmutter. Sie könnte sich den ganzen Tag an ihn kuscheln.

Er holte einmal tiefer Luft und wachte auf, einfach so. Noch so ein Bärending. An manchen Tagen war er bis kurz vor Mittag müde. Aber wenn sie ihn auf die richtige Weise berührte

..., war es, als würde ein Schalter in ihm umgelegt werden und er war plötzlich hellwach und griff mit seiner Hand nach ihrer.

„Hmm." Er rieb sein Kinn an ihren Kiefer.

Sie hätte laut schnurren können. Hoppla. Moment. Sie schnurrte tatsächlich laut.

Simon lachte, denn er konnte inzwischen jeden ihrer Gedanken lesen, es sei denn, sie hielt sie sorgfältig unter Verschluss. Was sie nur in ganz seltenen Fällen tat. Wenn ein Mädchen zum Beispiel geheim halten wollte, welche Muffin-Sorte sie an diesem Morgen für ihren Bären gebacken hatte, als sie aus dem Bett geschlüpft war, und wie viele davon, dann ja, dann musste sie auch ein paar Geheimnisse haben. Alles nur zu seinem Besten.

„Worauf bist du denn so stolz, meine Gefährtin?" Er schnüffelte an ihrem Hals entlang. Sie krümmte die Zehen und ließ sie wackeln, als sie kribbelten. Gott, sie liebte es, wenn er das tat. Jede Berührung an der Narbe ihres Paarungsbisses erregte sie. Es machte sie an, als hätte jemand ein Licht eingeschaltet. Ein rotes Licht mit äußerst unanständigen Ideen, und gerade genügend Zeit, sie auszuprobieren, bevor die Muffins fertig wären.

Sie rollte sich auf ihn und küsste seine Stirn. „Ich bin stolz auf dich."

Sein innerer Bär plusterte sich ein wenig auf. Das konnte sie am Glanz in seinen Augen erkennen.

„Und ich bin auch stolz auf uns." Sie näherte sich seinem Mund mit ihren Lippen, bereit, ihn mit einem feuchten Kuss in Besitz zu nehmen.

Simon ließ seine Hände weiter an ihrem Oberkörper hinaufgleiten, was jeden Nerv in ihrem Körper aufwühlte. „Stolz worauf..."

Sie unterbrach ihn. Sie könnten reden oder sie könnten einfach spielen und nichts ging über das Aufwachen zu Letzterem. Und nichts ging darüber hinaus, Simon zu küssen. Sie glitt mit ihrer Zunge über seine Lippen und als sie ihren Mund öffnete, tat er es auch und ließ sie herein.

Es war ein so gefühlvoller, berauschender Kuss, dass Jess fast gewimmert hätte. Sie fuhr mit den Fingern durch sein Haar und begann, ihre Hüfte an seiner zu kreisen.

Du schnurrst ja, meine Gefährtin, flüsterte er in ihre Gedanken.

Ich bin nicht die Einzige, flüsterte sie zurück.

Sie genoss den Rest des Kusses und als er eine Sekunde später nach Luft schnappte, wälzte Simon sie beide herum. Er landete oben und sah sehr zufrieden mit sich aus. Sein Bizeps wölbte sich und trug gerade genug von seinem Gewicht, um sie nicht völlig zu erdrücken, während er sie auf köstliche Weise gefangen hielt.

Hmm. Meine. Gefährtin, knurrte er und rieb sich an ihr.

Sie schlang ihre Beine um seine Taille und knurrte zurück. In dem Zustand, in dem sie bereits war, brauchten sie kein Vorspiel.

Mein, stöhnte er, und drang tief in sie ein.

Sie klammerte sich fest und genoss, dank ihres Bären, einen weiteren Ritt auf dem fliegenden Teppich. Der Bär, der sie auf Wolke Sieben schweben ließ, sie über glühend heiße Kohlen des Verlangens zog und sie immer wieder seinen Namen schreien ließ. Sie versuchte, nicht zu viel Lärm zu machen, aber sie scheiterte kläglich.

Mach so viel Lärm, wie du willst, meine Gefährtin. Seine Stimme war heiser, als er härter stieß und sie dem Abgrund immer näher trieb.

Als er zum Höhepunkt kam, war es so kraftvoll und leidenschaftlich, dass sie beide eine ganze Minute lang zitterten. Schließlich sanken sie auf die Matratze zurück und in die Arme des anderen.

Perfekt. Das Leben war perfekt. Die Liebe konnte nicht besser sein als das hier.

„Vielleicht doch." Er grinste und fing an, sie wieder zu berühren, was sie erneut in Wallung brachte.

Ihr Wecker klingelte und er stöhnte auf, als sie sich seitlich aus dem Bett rollte. Nun tatsächlich rollte sie sich seitlich von der Matratze, denn sie waren immer noch nicht dazu gekommen, sich ein Bett zu besorgen. Wahrscheinlich würden sie es auch nie tun, denn die Matratze kam ihrer animalischen Natur sehr entgegen. Sie konnten sich hinein- und herausrollen. In ihrer Tiergestalt schlummern, wie sie es schon ein paarmal getan hatten. Das war ein ganz besonderes Vergnügen – dreimal um das Bett zu kreisen und sich dann an den massigen, pelzigen Körper ihres Gefährten zu kuscheln und einzuschlafen.

„Es ist zu früh zum Aufstehen", sagte Simon und zog sie in seine Arme zurück.

„Ich muss die Muffins aus dem Ofen holen."

Seine Augen strahlten auf. „Beeren-Muffins?"

Sie lachte. „Komm mit und finde es selbst heraus."

Nach einer kurzen Dusche stapfte sie die Treppe hinunter. Aus dem vorderen Zimmer hörte sie Sorens tiefen Bass. Es war Sonntagmorgen und der Saloon war geschlossen. Mit wem könnte er also reden?

Sie holte zwei Dutzend dampfende Muffins aus dem Ofen und stellte sie auf ein Drahtgestell, bevor sie sie in den Saloon trug.

„Guten Morgen", rief sie und entdeckte Soren mit zwei der Twin Moon Wölfe, Tyler Hawthorne und seine Schwester, Tina.

Tyler und Soren rissen die Köpfe herum. Ihre Nasen folgten dem Duft der Muffins, die Jess zu ihrer Sitzecke trug.

Tina lächelte Jess an und stieß ihrem Bruder einen Ellbogen in die Rippen.

„Guten Morgen", sagte Tina mit Nachdruck.

„Morgen", beeilte sich Tyler, hinzuzufügen. Sein Blick blieb jedoch auf den Muffins hängen, genau wie der von Soren. Jess hätte fast laut gelacht. Wenn sie gewusst hätte, wie einfach es war, harte Alphas mit einem alten Familienrezept zu zähmen, hätte sie vom ersten Tag an angefangen zu backen.

Simon schlenderte hinter ihr her. „Hey! Verschenkst du schon wieder meine Muffins?"

Sie hob das Kuchengitter in ihrer rechten Hand hoch. „Das hier sind deine." Er gab ein kleines *Hmpf*-Geräusch von sich, schnappte sich die Kaffeekanne und kam zum Tisch, um die Tassen nachzufüllen.

„Also, zurück zum Geschäftlichen", sagte Soren Minuten später und wischte sich die Krümel vom Mund.

Tyler nickte und lehnte sich vor. Ganz plötzlich waren die Jungs wieder Männer.

„In Ordnung. Wir werden den Pachtvertrag für den Saloon um weitere zwölf Monate verlängern", sagte Tyler.

„Für den Anfang", fügte Tina mit einem Augenzwinkern hinzu, das besagte, dass der Vertrag so lange verlängert werden konnte, wie sie wollten. „Zwölf Monate sind hier einfach die Regel."

Jess biss sich auf die Lippe und als Simon ihre Hand drückte, drückte sie zurück. Sie hatten sich Sorgen gemacht, dass die Wölfe der Twin Moon Ranch sie nach dem Angriff der Abtrünnigen wegschicken würden. Schließlich war es ihre Schuld, dass die Blue Bloods in das Revier von Twin Moon eingedrungen waren. Offenbar hatten sie sich umsonst Sorgen gemacht.

Jessicas Seele trällerte. *Wir dürfen bleiben! Wir dürfen bleiben!*

Simon grinste sie an. Auch Soren sah erleichtert aus, obwohl er es verbarg, indem er an seinem Kaffee nippte.

Sie schaute sich im Saloon um. Es hatte ewig gedauert, alles wieder auf Vordermann zu bringen, aber alle hatten mitgeholfen. Sie lehnte sich an Simon und dachte an den Kampf zurück. Oder besser gesagt an die guten Sachen nach dem Kampf.

Sie dachte daran, wie Simon sie festgehalten hatte, als würde er sie nie wieder loslassen.

Daran, wie Janna vor Erleichterung weinte, als Cole seine Augen geöffnet und geblinzelt hatte.

An Tyler, der Soren die Hand mit einer ganz neuen Art von Respekt geschüttelt hatte.

Sie erinnerte sich daran zurück, wie Simon lachte, als sie ihn von oben bis unten gemustert und gesagt hatte: „Mein Gott. Ihr seht aus, als hätte euch ein Laster überfahren."

Die drei Männer – Simon, Soren und Tyler – hatten sich angesehen, ohne ein Wort zu sagen. Als sie erfuhr, dass sie tatsächlich von einem Lastwagen angefahren worden waren, hatte sie geschrien.

„Gestaltwandler." Simon hatte nur mit den Schultern gezuckt. „Wir heilen schnell."

„Aber so schnell?“ Sie hatte sie staunend angestarrt.

Er hatte sie nur noch fester umarmt. „Wenn wir Grund dazu haben.“

Sie schaute sich um und erinnerte sich an all das. Erneut drückte sie seine Hand, ohne ihr Glück wirklich fassen zu können.

Ihre Erleichterung schien ihr wohl ins Gesicht geschrieben zu stehen, denn Tina schenkte ihr ein beruhigendes Lächeln. „Ihr und die Bären stärkt unser Rudel.“

Tyler schluckte einen weiteren Bissen seines Muffins hinunter und nickte zustimmend. „Wir können immer fähige Verbündete gebrauchen, die diesen Rand unseres Territoriums bewachen.“

Eine Win-Win-Situation und Gott sei Dank dafür, denn Jess liebte den Saloon fast so sehr, wie sie Simon liebte.

Tina verdrehte bei Tylers Bemerkung die Augen und warf Jess einen Blick zu, der sagte: *Mit fähig meint er, dass er verdammt beeindruckt ist, wie du und deine Bären gekämpft haben.*

Jess lächelte. Technisch gesehen war nur Simon ihr Bär. Aber ja, die Brüder waren ein Doppelpack, also war Sorens Bär in gewisser Weise auch ihrer. Wenn sie nur eine eigene Gefährtin für ihn finden könnte…

„Lasst uns über ein paar andere Angelegenheiten sprechen“, begann Tyler und schaute Soren an. Mit *anderen Angelegenheiten* war wahrscheinlich eine Strategie gemeint, wie sie weitere Blue Blood-Angriffe verhindern konnten. Jess verspannte sich sofort.

Tina rutschte aus der Sitzecke und winkte sie zur Eingangstür. „Komm mit. Wir müssen unsere eigenen Geschäfte besprechen.“

Jess folgte ihr zögerlich und Simon schaute ihr mit einem so traurigen Blick nach, dass sogar Tina lachen musste. „Ich fliege ja nicht auf den Mond mit ihr! Wir gehen nur nach nebenan.“

Tina schob sie durch die Schwingtüren des Saloons ins helle Sonnenlicht hinaus. Es war Sonntagvormittag und die Straßen waren ruhig, bis auf das Zwitschern der Vögel und das Klappern von Tinas Schlüsseln. Sie wählte einen aus und öffnete die Tür des benachbarten Ladens.

„Warst du schon einmal hier drin?", fragte Tina.

Jess schüttelte den Kopf und schaute sich um, als Tina sie hineinführte.

„Es war früher mal eine kleine Kunstgalerie. Davor war es ein Café. Wir haben schon seit Jahren keine Mieter mehr dafür gefunden."

Trotz des Staubs und zerfetzten Papiers auf dem Fußboden war es ein heimeliger, gemütlicher Ort. Jess schaute nach oben und bemerkte, dass ihr Schlafzimmer sich direkt darüber befand. Ihr neues Schlafzimmer, meinte sie. Das am Ende des Flurs. Simon und sie waren dort eingezogen, damit es nicht ihr oder sein Zimmer wäre, sondern ihr *gemeinsames* Zimmer.

„Dieses Geschäft nimmt ein Drittel der Straßenfront des Gebäudes ein", erklärte Tina und führte sie nach hinten. „Tolle Lage, aber wir haben nie jemanden gefunden, der das Geschäft gut führen konnte. Der Saloon nimmt die anderen zwei Drittel ein. Die Kunstgalerie hat immer nur den vorderen Raum genutzt, aber hier hinten..."

Sie schwang eine knarrende Tür auf und Jessica blieb der Mund offenstehen. Entlang der Wände des Raumes standen Edelstahltische und ein weiterer bildete eine Insel in der Mitte. Die gesamte Rückwand war mit großen, schweren Öfen ausgestattet.

Es war eine Küche. Eine riesige, luftige Küche.

„Sie sind alt", sagte Tina, „aber soweit ich weiß, funktionieren sie alle gut." Sie öffnete die Ofentür und warf einen Blick hinein.

„Schön", sagte Jess mit einem Nicken und versuchte, ihre Fantasie im Zaum zu halten.

Tina lehnte sich gegen den Tresen, während Jessica ihren Blick durch den Raum schweifen ließ. „Also, die Sache ist die. Der Laden muss sich selbst tragen und wir brauchen jemanden, auf den wir uns verlassen können, um ihn zu führen."

Jess schloss den Schrank, in den sie hineingeschaut hatte, und stand ganz still da.

„Und diese Stadt könnte ein weiteres Bäckereicafé gebrauchen. Eine *gute* Bäckerei." Tina schnitt eine Grimasse in die Richtung des Lokals drei Blöcke weiter. „Mit einer guten Bäckerin, die sie führt." Sie schaute Jess direkt an, die gar nichts sagen konnte. „Eine gute Geschäftsfrau."

Jess schluckte.

„Also was sagst du?" Tina winkte mit den Händen. „Ich habe mir gedacht, der Blue Moon Saloon könnte einen neuen Nachbarn gebrauchen. Vielleicht so etwas wie, ich weiß nicht… Vielleicht das Quarter Moon Café?"

Jess wollte unbedingt etwas sagen, aber nichts kam heraus.

„Wenn du einen vernünftigen Geschäftsplan vorlegen würdest, können wir bestimmt einen Weg finden, es zu finanzieren." Tina neigte den Kopf. „Nun? Was denkst du?"

Zum zweiten Mal innerhalb von Wochen dachte Jess, sie sei gestorben und im Himmel gelandet.

„Ähm… Ja?", quietschte sie. Dann beeilte sie sich, hinzuzufügen: „Ich muss das natürlich mit meinen Geschäftspartnern abklären."

„Selbstverständlich."

„Und, ähm… ähm… andere Dinge…" Jess wischte sich über ihr rechtes Auge, bevor die Träne, die sich darin gebildet hatte, herauskullern konnte. Ihre Gedanken sprangen von Muffins über Baguette-Brote zu Wraps. Vielleicht sogar Käsekuchen…

„Beeren-Käsekuchen?", erklang Simons Stimme an der Tür.

Tina lachte und drückte ihr den Schlüssel in die Hand. „Ich lasse euch beide darüber nachdenken. Sagt mir Bescheid, wenn ihr bereit seid, euch festzulegen."

Jess verkniff sich *Jetzt sofort!* zu brüllen und winkte statt dessen. „Ähm, klar…"

Aber Tina war bereits zur Tür hinausgestürmt, als Simon sich auf den Weg hinein machte. „Klar, zu Beerenkäsekuchen?" Seine Augen funkelten.

Sie warf sich ihm regelrecht in die Arme, denn auch eine knallharte Wölfin konnte von Zeit zu Zeit ihren Gefühlen nachgeben. Vor allem, wenn außer ihrem Gefährten niemand hinsah.

„Hey!", protestierte er eine Sekunde später. „Warum weinst du denn?"

„Es ist alles so… Gut. Fast zu gut."

Er umarmte sie fester. „Es ist gut."

„Ich meine…" Sie schniefte und versuchte, ihre Gedanken zu ordnen. „Warum haben wir es so gut? Während Janna… und Soren…"

Er seufzte und zerzauste ihr Haar. „Ich glaube, Janna ist selbst auf halbem Weg, ihren Gefährten zu finden…"

Jess wusste, was er meinte. Janna hatte bereits vor dem Kampf ein Auge auf Cole geworfen, aber Jess machte sich trotzdem Sorgen. Ihre Schwester war in den letzten zwei Wochen ungewöhnlich ängstlich und flatterhaft gewesen. War Cole wirklich der Richtige für sie? Und wenn er es war – dann, verdammt. Verpaarungen zwischen weiblichen Gestaltwandlern und männlichen Menschen gab es nur selten. Wölfinnen konnten einen Menschen nicht so leicht zu einem Gestaltwandler machen wie ihre männlichen Gegenstücke. Außerdem würde eine weitere Mischverpaarung den Blue Bloods einen Vorwand geben, wieder anzugreifen.

„Und Soren…"

Jess tat es weh, wenn sie nur an ihn dachte. Dass er seine Gefährtin auf so schreckliche Weise in einem Feuer verloren hatte…

Sie drückte Simon noch fester. Sie hatten selbst einen Vorgeschmack auf diesen Schmerz bekommen. Sie wussten, wie hoffnungslos und leer sich das Leben ohne seinen Gefährten anfühlte.

„Aber vielleicht…"

„Vielleicht was?"

„Weißt du noch, wie ich dir erzählt habe, dass wir uns eine Höhle gegraben und zum Sterben hineingelegt haben?"

Sie krallte ihre Hände in sein Hemd, als sie nur daran dachte. Wenn Simon gestorben wäre…

„Ich konnte aus einem bestimmten Grund nicht sterben. Weil du immer noch dort draußen warst", sagte Simon.

„Du denkst… Denkst du etwa, Sorens Gefährtin könnte noch dort draußen sein? Aber wie kann das sein?"

Wenn das Schicksal zwei Gestaltwandler zusammenführte, verpaarten sie sich für ein ganzes Leben. Und wenn einer starb, fand der andere nicht einfach einen neuen Partner und machte weiter.

Simon schüttelte langsam den Kopf. „Ich weiß es nicht. Vielleicht hat er sich darin geirrt, dass Sarah seine Gefährtin ist? Vielleicht gibt es jemand anderen?" Er seufzte tief, dann zog er sie wieder näher an sich und schob ihren Kopf unter sein Kinn. Ganz nah, so dass seine Stimme direkt in ihrer Brust dröhnte, als er weitersprach.

„Wir können nicht in die Zukunft sehen, aber ich würde sagen, im Moment ist es verdammt gut. Und wenn es gut für uns aussieht… "

Jess schluckte den Kloß in ihrem Hals hinunter, als Simon seinen Satz beendete.

„… bekommen die anderen vielleicht auch ihre Chance."

Sie standen eine lange Zeit einfach nur da, hielten sich aneinander fest und ließen ihre Hoffnungen von der Stille tragen.

Dann beugte sich Simon vor und küsste ihre Fingerknöchel. „Quarter Moon Café, was?" Seine Augen funkelten wieder und vertrieben all ihren Kummer.

„Es hört sich doch gut an." Sie schlang einen Arm um seine Taille. Sie schauten sich beide in dem Lokal um.

„Also ich weiß nicht. All diese Muffins in den Händen anderer Leute… "

Sie lachte. „Und wenn ich verspreche, immer ein paar für dich zu reservieren?"

„Nur ein paar?"

„Viele. So viele, wie du willst."

Er verzog das Gesicht, aber auch das konnte das Lächeln nicht aus seinen Augen vertreiben. „Gott, ich sehe es schon vor mir", stöhnte er. „Motto-Muffins."

Sie schlug ihn spielerisch gegen den Arm und führte ihn wieder in den Vorderbereich. „Motto-Muffins. Großartige Idee. Wie Mesa-Muffins."

„Sicher. Ich kann die Oberseite abbeißen. Das würde mir passen."

„Kaktus-Muffins… "

„Die kannst du von mir aus ruhig verkaufen."

„Sie hätten eine Pistazienglasur, Dummerchen. Damit sie außen grün und klumpig aussehen, aber innen trotzdem lecker sind."

„Wenn das so ist, gehören sie mir."

Sie seufzte und machte sich auf den Weg zur Tür, wobei sie den Schlüssel in der Hand hin und her bewegte. *Ihr* Schlüssel in *ihrer* Hand. Aber Simon hielt sie auf, drückte sie mit dem Rücken gegen die Wand und presste seinen Körper an ihren.

„Monsun-Muffins…" Sie versuchte, beim Thema zu bleiben, als er anfing, ihren Hals zu küssen. Ihren Hals, verdammt noch mal, genau die eine Stelle, der sie nie widerstehen konnte.

„Versuche es noch mal." Seine Stimme klang eine ganze Oktave tiefer.

„Sonnenuntergangsmuffins mit Kirsche und Zitrone…" Simon liebte Kirschen fast so sehr wie Himbeeren.

„Mmm", murmelte er und saugte an der Haut an ihrem Hals.

Ihre Wangen brannten. Ihre Lippen zuckten. Ihre Wölfin jaulte.

„Ähm… gesprenkelte Muffins, bei denen verschiedene Geschmacksrichtungen zusammengemischt sind…"

„Da bin ich mir nicht so sicher", flüsterte er und schob sein Bein zwischen ihre Schenkel.

Muffins waren das Letzte, woran sie jetzt gerade dachte. Nichts war wichtig, nicht einmal das Café. Nicht, wenn ihr Gefährte sie schon wieder ganz wild machte.

„Ich hab es", murmelte sie, als er ihre Brüste mit den Händen liebkoste.

„Ach ja?"

„Hungriger Bär-Muffins." Sie winkelte ihre Hüfte zu seiner an.

„Hungriger Bär", knurrte er. „Da hast du recht."

„Und eine hungrige Wölfin."

„Dann bringe ich sie besser ins Bett. Ähm, in die Küche, meine ich."

Eine Lüge und sie wusste es. Aber dieses Spiel konnten zwei spielen.

Sie holte tief Luft und presste ihre Brüste gegen seinen Oberkörper. Sie konnte sehen, wie die Röte in seinem Gesicht aufstieg und spürte, wie er in seiner Jeans härter wurde.

„Küche. Gute Idee", murmelte sie. „Dann leg mal los, Bär."

Er warf sie sich wie ein Feuerwehrmann über die Schulter und trug sie nach hinten.

„Simon!", protestierte sie.

„Hast du den Schlüssel noch?"

„Ja, aber..."

„Ich wette, der passt auch für die Hintertür."

Ihr Bär war ein Genie. Sie konnten durch die Hintertür der Bäckerei zur Hintertür des Saloons schleichen, die Treppe hinaufschlüpfen und in ihr Zimmer gehen.

Sie ließ ihre Hände über seinen Körper wandern, während er sie weitertrug. Es sollte sich nicht so gut anfühlen, von einem Bären angepackt zu werden, aber verdammt. Man musste das Leben ein bisschen genießen oder?

„Wirst du noch einmal mit mir schlafen?"

„Und noch einmal und noch einmal...", fuhr er den ganzen Weg hinten herum und die Treppe hinauf fort. „Bis in alle Ewigkeit und dann fange ich wieder von vorne an."

Sneak Peek: Verlangen des Wolfes

Seine dunkelsten Ängste... Ihre tiefsten Sehnsüchte.

Wölfin Janna Macks kann Ärger riechen, vor allem, wenn er ihr in der Gestalt eines unwiderstehlich unergründlichen Cowboys wie Cole Harper begegnet. Ihr junges Rudel befindet sich bereits im Fadenkreuz einer skrupellosen Gruppe von abtrünnigen Schurken. Sich Hals über Kopf in einen Menschen zu verlieben, würde ihre Lieben nur noch mehr gefährden. Das Problem ist, dass ihre Wölfin ihren vorbestimmten Schicksalsgefährten erkennt, wenn sie ihn sieht – und das ist Cole.

Der professionelle Rodeoreiter Cole Harper war noch nie so verwirrt. In einer Minute begehrt er Janna, die temperamentvolle Kellnerin, die ihm nicht aus dem Kopf gehen will. In der nächsten knurrt er eine düstere, innere Stimme an, die alle möglichen verrückten Dinge von ihm verlangt, – wie den Mond anzuheulen und Janna als die Seine in Besitz zu nehmen. Es gibt nur eine Sache, die stärker ist als das überwältigende Bedürfnis nach Janna, und das ist die Angst, dass er ohne sie der seltsamen inneren Bestie erliegen wird, die unbedingt die Kontrolle über seine geplagte Seele an sich reißen will.

Weitere Titel von Anna Lowe

Blue Moon Saloon

Perfekte Gefährten (die Vorgeschichte in Kurzform)

Verlangen des Bären (Buch 1)

Verlangen des Wolfes (Buch 2)

Verlangen des Alphas (Buch 3)

Verlangen des Gefährten (Buch 4)

Verlangen der Wölfin (Buch 5)

Süßes Verlangen (ein Festtagsschmaus)

Aloha Shifters - Juwelen des Herzens

Der Ruf des Drachen (Buch 1)

Der Ruf des Wolfes (Buch 2)

Der Ruf des Bären (Buch 3)

Der Ruf des Tigers (Buch 4)

Die Verlockung des Drachen (Buch 5)

Der Ruf des Fuchses (Buch 6)

Aloha Shifters - Perlen des Verlangens

Drachenrebell (Buch 1)

Bärenrebell (Buch 2)

Löwenrebell (Buch 3)

Wolfsrebell (Buch 4)

Rebellenherz (Buch 5)

Alpharebell (Buch 6)

Töchter des Feuers - Billionaires & Bodyguards

Töchter des Feuers: Paris (Buch 1)

Töchter des Feuers: London (Buch 2)

Töchter des Feuers: Rom (Buch 3)

Töchter des Feuers: Portugal (Buch 4)

Töchter des Feuers: Irland (Buch 5)

Töchter des Feuers: Schottland (Buch 6)

Töchter des Feuers: Venedig (Buch 7)

Töchter des Feuers: Griechenland (Buch 8)

Töchter des Feuers: Schweiz (Buch 9)

Die Wölfe der Twin Moon Ranch

Verlockung des Jägers (Buch 1)

Verlockung des Wolfes (Buch 2)

Verlockung des Mondes (Buch $2\frac{1}{2}$ – Vier Kurzgeschichten)

Verlockung des Alphas (Buch 3)

Verlockung der Wölfin (Buch 4)

Verlockung des Herzens (Buch 5)

Weihnachtsverlockung (Buch 6)

Verlockung der Rose (Buch 7)

Verlockung des Rebellen (Buch 8)

Verlockende Begierde (Buch 9)

Shifters in Vegas

Paranormal romance with a zany twist. Im englischen Original bei Amazon erhältlich.

Gambling on Trouble

Gambling on Her Dragon

Gambling on Her Bear

Serendipity Adventure Romance

Off the Charts

Uncharted

Entangled

Windswept

Adrift

Travel Romance

Im englischen Original bei Amazon erhältlich.

Veiled Fantasies

Island Fantasies

www.annalowe.de

Über Anna Lowe

USA Today und Amazon Bestseller Autorin Anna Lowe schreibt fesselnde Romane mit tatkräftigen Heldinnen und unwiderstehlichen Helden in exotischen Umgebung, mit jeder Menge Zündstoff für scharfe Romantik.

Sie liebt Hunde, Sport und Reisen, die auch die Inspiration für Ihre Bücher liefern. Wenn Anna nicht gerade in die Arbeit an ihrem nächsten Buch vertieft ist, kannst Du Sie am Wochenende beim Wandern in den Bergen antreffen. Egal wo und wie – sie wird den Tag mit einem leckeren Stück Zartbitterschokolade ausklingen lassen.

Einfach mal vorbeischauen, auf **www.annalowe.de***.*